u books

ビルバオ-ニューヨーク-ビルバオ

キルメン・ウリベ

金子奈美＝訳

白水*u*ブックス

本書の出版にあたっては、スペイン・バスク自治州の
エチェパレ・インスティテュートより助成をいただきました。
Liburu honek Etxepare Euskal Institutuaren
literatura-itzulpenerako laguntza jaso du.

まずは父に、　そして母に
兄弟姉妹に
最後にひそやかに
わが愛する美しい人に

君にしか語りえない話を聞かせておくれ、さあ、それこそが大事なことだ。恥ずかしがることはない。それ以外の何もかもはありきたりな、新聞を読めばわかることなのだから。

エリアス・カネッティ

それからというもの、私はいつも、我々の人生を決定づける目に見えぬ繋がり、そしてそれらを結びつける糸とは何なのだろうかと自問してきた。

W・G・ゼーバルト

だが一度船が錨を下ろし、クレーンが下降し振動し始めた途端に、あらゆるロマンが消え去っていくように思われた。

ヴァージニア・ウルフ

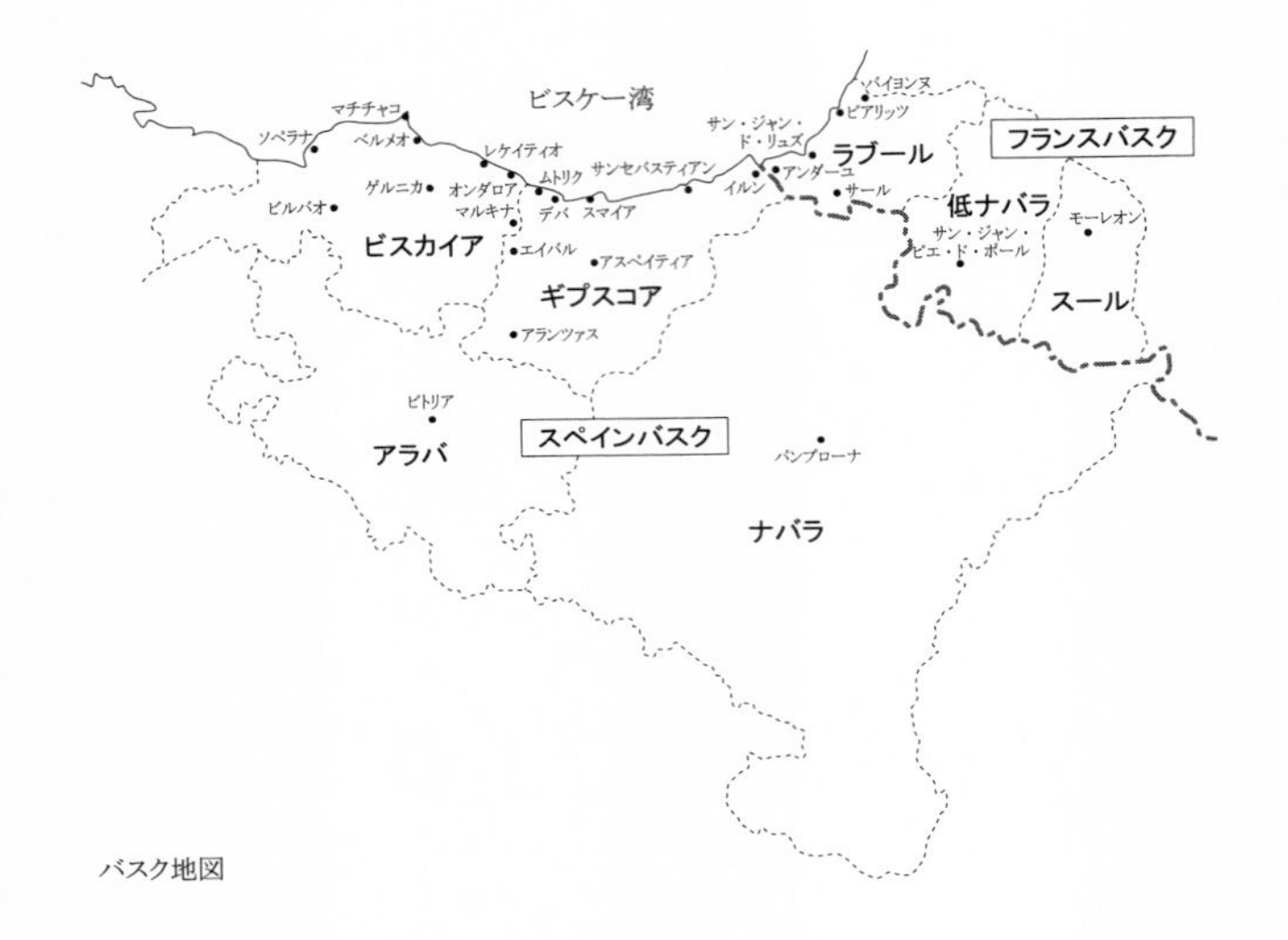
ビスケー湾
マチチャコ
ソペラナ
ベルメオ
レケイティオ
ゲルニカ
オンダロア
ムトリク
サンセバスティアン
ビルバオ
マルキナ
デバ
スマイア
イルン
アンダーユ
サン・ジャン・
ド・リュズ
ビアリッツ
バイヨンヌ
ラブール
サール
フランスバスク
低ナバラ
サン・ジャン・
ピエ・ド・ポール
モーレオン
スール
ビスカイア
エイバル
アスペイティア
ギプスコア
アランツァス
ビトリア
アラバ
スペインバスク
パンプローナ
ナバラ

バスク地図

1　ビルバオ

魚と樹は似ている。

どちらも輪をもっている。樹のもつ輪は幹のなかにできる。樹を水平に切ってみれば、そこに年輪が現われる。一つの輪は一年の経過を表わし、それを数えていくと樹齢を知ることができる。魚も輪をもっているが、それは鱗にある。樹と同じように、それを数えることで魚が何年生きたかがわかるのだ。

魚はつねに成長し続ける。僕らは違う、僕らは成熟してから小さくなっていく。僕らの成長は止まり、骨は繋がり始める。身体は縮んでいく。けれども、魚は死ぬまで成長し続ける。幼い頃は急速に、年を経るごとにだんだんゆっくりと、だが成長が止まることはない。だから鱗に輪ができるのだ。

魚のもつ輪は冬にできる。冬は魚があまりものを食べなくなる季節で、成長の速度も落ちるので、その時期の飢えが鱗に黒い徴（しるし）を残すのだ。逆に夏は、魚は飢えることがないので、鱗には何も跡が残らない。

魚のもつ輪は、肉眼では見えないけれども、たしかにそこにある。あたかも傷跡のように。きれいに閉じなかった傷跡だ。

そして魚がもつ輪のように、つらい出来事は僕らの記憶のなかに留まって、僕らの人生に徴を残していき、ついには僕らにとっての時間の尺度となる。逆に幸せだった日々は、足早に、あまりにも足早に過ぎ去り、すぐに記憶から消え去ってしまう。

魚にとっての冬は、人にとって喪失だ。喪失は、僕らの時間に区切りをもたらす。ある関係の終わり、愛する人の死。

一つひとつの喪失は、僕らの内面に残された黒い輪だ。


残り数か月の人生だと告げられた日、祖父は家に帰りたがらなかった。その朝、診察に付き添ったのはまだ若かった僕の母、彼の息子の嫁だった。祖父は落ち着いた表情で医者の言葉を聞いた。話が終わるまでひと言も口をきかなかった。それから、医者に手を差し出すと、丁寧に別れの挨拶をした。

診察室から出たとき、母は何と声をかけてよいかわからなかった。長い沈黙のあと、バスに乗って帰りましょうか、と祖父に尋ねた。彼は首を振った。

「まだ家には戻らないよ。今日はビルバオで過ごそう。見せたいものがあるんだ」と祖父は言い、微笑んでみせようとした。

祖父は母をビルバオ美術館へ連れていった。母はけっしてその日を忘れないだろう。祖父が、死にかけていると告げられたまさにその日、美術館に連れていってくれたことを。美は死を超越して生き続けるのだと、むなしくも伝えようとしてくれたことを。そのあまりにつらい日の別の思い出を、母が胸にしまっておけるようにと努めてくれたことを。そうした祖父の思いやりを、母は一生忘れることがないだろう。

彼女が美術館に足を踏み入れたのは、それが初めてだった。

それから四十五年後、美術館に足を踏み入れたのは僕だった。ある絵画について情報が必要だったのだ。僕は消えかけた足跡を辿るように、まったくの直感で、画家のアウレリオ・アルテタが描いたある作品の跡を追っていた。内なる声が僕に、その絵画は重要なのだと、執筆中の小説にとって欠かすことのできない一つのピースになるはずだと告げていた。

その絵画というのはもともと、建築家のリカルド・バスティダが夏を過ごしたオンダロアの別荘に、壁画として描かれたものだった。一九二二年の夏、アルテタはその家の居間に絵を描いた。ところが、六〇年代にバスティダが亡くなると、数年のうちに一家は別荘を売り払ってしまい、そこはのちに集合住宅を建てるため取り壊された。だが幸いにも、壁画は破壊を免れた。アルテタの作品は壁から取り外され、ビルバオ美術館に移された。それ以後は、二階の展示室で鑑賞することができる。

美術館の責任者の一人であるホセ・フリアン・バケダノが、僕にその壁画について説明してくれた。かつては、バスティダの別荘の居間を取り囲む壁の三面を占めていたという。残りの一面はバルコニーになっていて、そこからは海が見えた。美術館ではそのかわりに、三連形式の作品のように配置されていた。中央の部分には、村の巡礼祭の情景が描かれていて、これがなかでは一番大きい。そしてその左右に、もう二つの絵画がある。一つは当時のある女性を、ルネサンス期のヴィーナスのようなポーズで描いたものだ。もう一つの絵には、木陰で言葉を交わしている若いカップルの姿がある。

一見して目を引くのは、壁画の色だ。アルテタは、山村の巡礼祭に参加する若者たちを描くのに、生き生きとした、とても鮮やかな色彩を用いている。それらの色——緑、青、紫——が、このような使われ方をしたことはかつてなかった。

「当初、アルテタの作品をよく思わない批評家も幾人かいました。彼らは、画家が色眼鏡をかけて描いたのだと言って馬鹿にしたものです」とバケダノは教えてくれた。「アルテタの絵画には、パリで学んだ年月の影響がはっきりと見てとれます。彼はモンマルトルに住み、そこでトゥールーズ゠ロートレックやセザンヌの作品に魅了されました。ですが、伝統と完全に袂を分かつことはけっして望みませんでした。なので、私は彼の絵を見ると、目にも鮮やかな色で装飾されていた昔の居酒屋を思い出します。彼の絵はモダンですが、そうした魅力も残しているのです」

壁画には二つの世界が描かれているが、その二つは結びついている。一方には農村の世界があり、もう一方には都市の世界がある。農家の娘たちは伝統的な装いをしている。スカートはくるぶしにまで届く長さで、頭にはスカーフを巻き、服は胸元を覆っている。だが、街から来た娘たちの様子はまるで違っている。彼女たちの衣服は軽やかで、そよ風に揺れている。短めのスカートからは膝がのぞき、襟ぐりも大きく開いている。それに首飾りまでつけている。村の娘たちの横にいると、都会の娘たちはより魅力的に見え、あたかも鑑賞者に誘いをかけているかのようだ。絵画にはアールデコの影響が明白で、一九二〇年代の楽観主義が充満している。

「この絵は、古い世界から新しい世界への飛躍を表現しています。農家の娘たちと都会の娘たちのコントラストは、街の娘たちのエロティシズムをよりいっそう際立たせています」とバケダノは説明した。

実のところ、バスティダ家の壁画は習作にすぎなかった。アウレリオ・アルテタは壁画を描く技術をまだ完全に自分のものとしていなかったので、建築家だったバスティダが、試作のために自宅の居間の壁を使わせたのだ。本当の挑戦はそのあとに待ち受けていた。リカルド・バスティダは、ビルバオ銀行のマドリード本社となる建物を設計していた。アルカラ通りにそびえ立つその建物は、彼がそれまでに手がけたなかでもっとも重要な建築となるはずだった。新しい本社は、銀行の、そしてビルバオの都市そのもののシンボルとなるべきものだった。力強さとモダニズムの象徴。その仕事はバスティダとアルテタの経歴を確固たるものにし、彼らの名をバスク地方の外にまで知らしめることになるだろう。

バスティダは、銀行のロビーの壁画をアウレリオ・アルテタに描いてもらいたいと考えた。二人は幼馴染みで、一方は建築家として、他方は画家として歩んできた彼らの人生はとても似通っていた。銀行の入り口にある円形のロビーのために、アルテタはビルバオの都市を寓意的に描くことにした。港の荷積み人夫、溶鉱炉の労働者、農民たち、魚を売る女性たちといった人々を。十面以上の壁、しかも凹凸のある壁面での仕事は大変なものだった。

アルテタは依頼を引き受けたが、前もって練習しておく必要があると考えた。彼は自分自身にたいしてきわめて厳格な人で、作品が完成したと思えるまでに大変な苦労を要した。あるとき、それから数年後のことだが、亡命先のメキシコで、布で覆われていた未完の絵を見ようとしたバイヤーがいた。アルテタはそれに気づくと激怒して、ペインティングナイフでその人の顔に傷を負わせた。それだけはどうしても我慢がならなかったのだ。

究極の完璧主義者であったアルテタは、細部の一つひとつに気を配った。しかし作品に署名を入れる際にはあまり注意を払わず、そんなことはお構いなしとでもいうように、絵は署名されないままであることも多かった。金銭に関しても、彼は無頓着だった。けれども、絵を描くときには全身全霊を傾けた。だからオンダロアの壁画を描くときも、塗料がのちに手がける絵と同じ濃度になるように、マドリードから水を運ばせたほどだった。彼は最高の画材を選んだ。砂はマルキナ産の大理石からつくられたきめの細かいものでなくてはならなかった。

僕は、アルテタとその人柄についてはいろんなことを聞いていた。生前、彼は画家としてとても愛されていた。保守派からも、バスク・ナショナリストや社会主義者たちからも尊敬を集めていた。「きっと彼の内気な性格がそうさせたんでしょう」とバケダノは教えてくれた。

彼が内戦中、メキシコへ逃れたときの話も聞いたことがあった。ゲルニカ爆撃の直後、スペイン共和国政府はパリ万博に向けて、事件を象徴する絵画を描くようアルテタに依頼した。そうすれば、ゲルニカで起こったことが、ナチスの手による虐殺が、世界中の人々の知るところとなるだろう。画家の人生にとってまたとない機会となるはずだった。ところが、アルテタは依頼を断った。戦争にはもううんざりだ、家族と一緒にメキシコへ亡命するほうがいい、というのが彼の言い分だった。そして、その依頼はパブロ・ピカソのもとへと行き着いた。その後のいきさつは誰もが知るとおりだ。ゲルニカを描くことは、アルテタの経歴を決定的に飛躍させたかもしれない。だが、彼はそれを断った。芸術よりも人生を選んだのだ。後世に記憶されるよりも、家族と一緒にいることを彼は選択した。

多くの人が、アルテタの選択は間違いだったと思うことだろう。人生で一度きりのチャンスを、その場かぎりの判断でふいにしてしまうだなんて。芸術の創造よりも、家族への愛情を優先するだなんて。さらに、そのことで彼をけっして許さない人々もいることだろう。芸術家は何よりも自分の才能に身を捧げる義務があるのだから、と。

僕は一度ならず、自分がアルテタの境遇にあったらどうしただろう、と自問したことがある。僕ならどちらを選んだだろうか?

その問いに答えるのは難しい、同じ状況を経験してみなければわかりようもない。だがそれはまさに、芸術家がしばしば直面せざるをえないジレンマだ。自分の人生か、それとも創作か。アルテタは前者を選択し、ピカソは後者を選んだ。

ホセ・フリアン・バケダノはオフィスに戻らなければならなかったが、その前に、アルテタの壁画について美術館が所有する資料を提供してくれた。そこには、専門家たちがバスティダ家から壁画をどのように取り出したかが記されていた。

さらに彼は助言をくれた。「この壁画についてもっとも詳しいのは、建築家の娘のカルメン・バスティダですよ。彼女と連絡を取るのが一番でしょう」。付箋に電話番号を書いて僕に渡し、「私に紹介されたと言ってください」と言い足すと、バケダノは仕事へ戻っていった。

僕はしばらくそこに残って壁画を見つめていた。そこに満ち溢れている楽観主義、アルテタの筆遣いが生み出すエネルギーが、とりわけ僕の心を惹きつけた。それが描かれた一九二二年の夏、アルテタとバスティダは自分たちの仕事に大きな期待を抱いていて、未来を恐れてなどいなかった。その力強さに僕は魅了された。それからわずか数年後、自分たちの身に降りかかる出来事を、彼らは予想だにしていなかったのだ。

祖父のリボリオ・ウリベのことはよく知らない。僕が生まれたとき、彼はもうこの世にいなかったし、父も彼について多くは話してくれなかった。父は過去の話をするのが好きではなかった。よき船乗りであった父は、未来を見つめるほうを好んだ。逆に、母方の家族については、数えきれないほどいろんな話を知っている。きっとだからこそ、父方の祖父に興味をかき立てられたのだろう。

父が話してくれたわずかなことのなかに、子供の頃の、夏の日々の思い出があった。幼い頃は一日中海辺で過ごしていたという。祖父が避暑客用にもっていた木造の脱衣場で、両親を手伝って、ありとあらゆる仕事をこなした。洗面器に水を入れて海水浴客のところに運び、彼らが身体を洗ったり足の砂を払ったりするのに手を貸し、水着を干した。僕は、彼が押し黙って働いているところを想像する。水を運び、衣服を拾い集めながら、避暑客たちの話に耳をすませているところを。

「あなたのお父さんのことはよく憶えていますよ、とてもハンサムで働き者だった」とカルメン・バスティダは、ビルバオにある彼女の家を訪ねたときに話してくれた。「あの頃は、私の人生で最良の時でした。当時の私にとって、人生の苦しみや悲しみなんて存在していなかったの」

バスティダ家は、海辺に三棟の小屋を所有していた。それらは砂浜の、岩場に近い高台に並んでいた。隣にはヌード・セラピーのための区画があり、そこは黒くて長い布で隠されていた。何枚かの白黒写真が、当時の海辺の様子を伝えている。カルメンは写真を見せて、そこに写っている人物が誰か一人ひとり説明しようとした。彼女によれば、海辺にあるバスティダ家の小屋には、画家や音楽家、建築家、天文学者などが集っていたという。多くの人はビルバオとマドリードからやってきた。「でも、私が一番好きだったのは地元の人、リボリオでした。彼がいろんなお話を聞かせてくれたの」

祖父は、海辺の小屋の管理だけで生計を立てていたわけではなかった。小さな漁船ももっていて、それにはドス・アミーゴス号という名前がついていた。僕は、その船の名前がずっと気になっていた。〈二人の友達(ドス・アミーゴス)〉。祖父はどうしてそんな名前をつけたのだろう？　どんな由来があるのだろうか？　もし祖父がその友達の一人なら、もう一人はいったい誰なのだろう？

僕は、そのもう一人の友達を見つけ出し、彼が姿を消した理由を探りたかった。もしかして祖父は、その友達と喧嘩別れしたのだろうか？　その謎を解き明かしたくて、僕は数年前から手がかりを辿り始めた。その〈二人の友達〉の背後に一つの小説が、今や消滅しかかっている漁師たちの世界についての小説が存在する気がしていた。だが、そのアイデアはほんのとっかかりにすぎなかった。小説のために情報を収集するうち、僕は別のさまざまな航路へと導かれ、その途中で思いもかけなかった多くのことに遭遇した。

魚の年齢を知るためには、鱗にある輪を数えて、それにもう一年足さなければならない。魚は、稚魚のときには鱗がないからだ。ウナギの場合は、四年足さなくてはならない。ウナギは四年間稚魚でいるからだ。

それは、大西洋を横断するのに要する時間だ。ウナギの稚魚たちは四年の歳月をかけて、サルガッソーの海からビスケー湾までを旅する。

僕が乗る飛行機は、七時間もあればそれと同じ距離を移動してしまう。今日、僕はビルバオの空港からニューヨークへと旅立つ。

2　空港のカフェで

オンダロアから空港へは、思ったよりも早く到着した。ビルバオの空は青く晴れ渡っていた。もう十一月だけれども、南風が吹いているので気温はかなり上がりそうだ。この地では、秋は南風の季節だ。この秋、僕は三十八歳になった。オバマが大統領選でマケインに勝利したばかりの二〇〇八年の秋だ。

ニューヨークへは、ビルバオからフランクフルト経由で飛ぶ。荷物を預けるためにルフトハンザ航空の窓口へ向かったとき、辺りがやけに騒がしいのに気づいた。思いがけないことに、アトレティック・ビルバオの選手たちがまもなく搭乗するところだったのだ。カメラや記者たちが群がり、サッカー選手たちは投げかけられる質問に楽観的な受け答えをしていた。しかし、その楽観主義は見せかけのように、彼ら自身が心の底ではそれを信じていないように見えた。

楽観主義も害を及ぼすことがある。

スーツケースを預けてしまうと、僕は急いでカフェテリアのほうへ逃れた。カフェテリアには真昼の光が溢れかえっていた。高いところにある窓ガラスから日が差して、輝く光線のなかに金色の粒子が浮いているのが見えた。カフェテリアの床には紙ナプキンが散乱し、テーブルの上は使い終わったコーヒーカップやグラスで埋め尽くされていた。

カウンターで注文を待っていた若者が、僕に話しかけてきた。

「これだから有名人っていうのは」と彼は言った。「サッカー選手たちを見送るためならテレビやら何やらが押しかけてくるのに、うちの父さんは一生こんなふうに送り出されることはないだろうね。これから六か月、チリで漁に出るんだ。海の上で六か月、家に帰るのは二か月だよ」

漁師が、船ではなく飛行機で出港するんだ、と僕は思った。かつての波止場は、今では空港に取って代わられてしまったようだ。

「僕の父も漁師だったよ」と僕は言った。「北海で働いていたんだ、ロッコール島の辺りでね」

すると、若者の表情が和らいだ。

「それじゃあ父さんと知り合いかもしれないね……」。そう答えると、彼は飲み物のグラスを持ってテーブルのほうへ戻っていった。

ウィキペディアのロッコール島の記事にはこう書かれている。

ロッコール島

ロッコール島は北大西洋に浮かぶ岩がちな小島である。その岩は消滅した火山の一部で、北緯五七度三五分四八秒、西経一三度四一分一九秒に位置する。スコットランドの無人島セントキルダから西に三〇一・四キロメートル、ノースウイスト島の小村ホーギャリから三六八・七キロメートルのところにある。アイルランド共和国のドニゴール市からは北西に四二四キロメートル。岩の底面は直径二五メートルで、海面からの高さは二二メートルに達する。この岩に住み着くものは巻貝やその他の軟体動物のみである。夏にはカモメ、ウミガラス、カツオドリといった海鳥たちの休息地となる。

ロッコール島で暮らすのは不可能である。淡水源は存在しない。

「ここで暮らすのは不可能だ」と、曾祖母のマリア・ガビナ・バディオラはオンダロアについて思ったに違いない。少なくともビルバオに住む父の叔母、マリチュに聞いたところではそうだった。

マリチュは僕の祖母アナの一番下の妹だ。二〇〇五年の春、僕が小説を書くという計画を何度目かに再開したとき、最初に取材したのが彼女だった。マリチュは、祖父母のリボリオとアナの世代では、家族のなかで唯一の生き残りだった。祖父母は、母方も父方もとうに亡くなってしまっていた。

彼女のもとを訪ねたとき、それまで聞いたことのなかった話、父が僕たちに一度もしてくれなかった話をたくさん聞くことができた。名前や日付はよく憶えていないけれども、僕が気づいたのは、父方の家族の辿ってきた道のりが往来の、逃避と帰還の歴史であるということだった。そしてその背後にはつねに、海との繋がりがあった。多くの場合には悲劇的だが、同時に喜劇的ですらあるあの繋がりが。

マリチュはビルバオ市内のベゴニャ地区に住んでいる。彼女の母は夫を亡くしたとき、子供たちを連れてビルバオの街へ向かった。船乗りたちの生活にはもううんざりだった。海は、彼女の夫を死体にして返してよこしたし、彼女の父と兄をも溺れさせた。マリチュの母は町の高台から、帆船サン・マルコス号が入り江に沈んでいく様子を、父のカヌート・バディオラと兄のイグナシオが溺れていく様子を目の当たりにした。カヌートの遺体は発見されなかった。

すぐ近くにいながら、なすすべもなく見守るだけ。アルテタはそれと似た場面を数年後、《北西風》と題された絵に描くことになる。

彼らはビルバオに移り、海に背を向けた。母親と子供たちは全員、エチェバリア鋳鉄所で働き始めた。「釘や蹄鉄を作ったわねえ、何千という釘や蹄鉄を」

マリチュは、僕の知らなかったいろんな話を聞かせてくれた。たとえば、仕事を求めてアルゼンチンに移住したムトリクの兄弟の話。兄のほうがある事故で失明し、故郷へ帰りたがったので、弟が帰りの旅に付き添った。二人はブエノスアイレスで船に乗り、大西洋を渡って、町に帰るための列車に乗った。そうしてようやくデバの駅まで、ムトリクに辿り着くにはあと四キロというところまでやってきた。ところが弟はそこで、盲目の兄を駅に残し、アルゼンチンへの帰途についた。何千キロもの長旅の後で、また大海原を横断するために列車に乗ったのだ。生まれ故郷まであとたったの四キロだというのに、彼は自分の家を一目見ようとも思わなかった。目の見えない兄は、そこにたった一人で取り残された。結局、修道女たちが彼の面倒を引き受け、家まで送り届けたのだった。

マリチュはオンダロアのバスク語を話したが、それは八十年前に話されていたのと同じ言葉遣いだった。長年ビルバオに暮らした影響で、ときおりスペイン語が混じることがあった。

彼女はまた、その兄弟の妹であるホセファ・ラモナ・エペルデが、大工のイシドロ・オドリオソラと結婚したいきさつについても話してくれた。大工は、白ずくめの格好をして歩くたぐいの伊達男だったに違いない。彼はギプスコア県のアスペイティアの出身で、オンダロアの造船所に働きに来ていた。だが、妻はムトリクで探した。ビスカイア県の娘とは結婚したくなかったので、県境を越えてすぐのところにあるギプスコアの町、ムトリクで結婚したのだ。

息子のホセ・フランシスコが結婚したとき、イシドロは新婚夫婦のために、船の廃材を使って家具をすべて作ってやった。ホセ・フランシスコ・オドリオソラは、町ではトゥバルと呼ばれていた。その彼が、のちに僕の祖母アナとマリチュの父親となる。トゥバルというあだ名は、彼の船の名前からきていた。マリチュの話では、曾祖父が船にトゥバルという名をつけたのは、愛読書の題名にちなんでのことだったという。彼はその本を、毎晩欠かさず読んでいた。

聖書によれば、トゥバルとはノアの孫で、バベルの塔に居合わせた人物だ。エステバン・ガリバイは著書『歴史概説』のなかで、バスク語（エウスカラ）はバベルの塔で生まれた七十二の言語の一つであり、トゥバルが突如として話し始めた言語はまさにそれであったと解説している。他ならぬバスク語が、だ。トゥバルはイベリア半島にやってきて定住した。やはりガリバイの著書の記述によれば、この出来事が起こったのは大洪水の百四十二年後、紀元前二一六三年のことであるという。

トゥバル・オドリオソラは、進取の気性に富んだ人物だった。オチャガビアというナバラの実業家と契約を結んで船を造った。それは昔ながらの契約で、口約束だったので書面にはされていなかった。オチャガビアが出資し、トゥバルが作業を引き受けることになっていた。船は二人のものだが、一方は陸に残り、もう一方は海で船長として働く。こうして借金が返せるはずだった。

トゥバルは成功を収め、政界にも進出した。サンペドロ漁業組合の会長に任命された。ビルバオでの知人も多かった。エチェバリア鋳鉄所の社長と知り合ったのはこの時期のことだ。

あの頃がいちばん幸せだった、とマリチュは言う。家では何ひとつ不足がなかった。しかし、トゥバルの晩年はつらいものだった。彼は幾度もブルゴスの法廷に出向いて、自分の正当性を認めてもらおうとしたのだ。オチャガビアが口頭での契約を守らず、トゥバルは船を失ってしまったのだ。無駄足だった。晩年には、船の乗組員として働かなければならなかった。口内の感染症が原因で、海から戻ってきたときには亡くなっていた。

マリチュは、父を最後に見たときのことをよく憶えている。トゥバルは遠くから娘の姿に気がつくと、両手である仕草をしてみせた。片手をもう一方の手の上に置いて、そっと撫でたのだ。マリチュは、僕に向かって同じ仕草をしてみせてくれた。彼女は片方の手の平で、もう片方の手の甲を優しく撫でた。「これは、マイテ・マイテという意味なのよ」と叔母は、八十年前の言葉で説明してくれた。

僕はその仕草を見たことがなかった。とうの昔に失われてしまったのに違いなかった。

マリチュは、僕の祖母アナについてはあまり語らなかった。とても働き者で、それが原因で死んだのだと、疲労を溜めすぎたせいで身体を壊してしまったのだと言った。「町には戻らずに、ビルバオに残るべきだったのよ」。だが、彼女はリボリオという名の船乗りに恋をし、オンダロアに戻って結婚した。母親と兄弟姉妹をビルバオに残して。

「あなたのおばあさんはとても苦労したのよ。戦時中は丸一年もの間、夫がいなくて一人きりだった。家にはフランコ派の将校だったハビエルという人を下宿させていたけれど、母親をサトゥラランの女性刑務所に投獄された女性も住ませていたわ」

僕は眉をひそめた。

「ええ、戦時中に両側の陣営の人間を家に置いていたなんて、信じ難いことなのはわかってます。でも、頭で考えることと心で感じることは別物なのよ」

頭で考えることと心で感じることは別物なのよ。搭乗のアナウンスが聞こえたとき、僕はそのマリチュの言葉を思い出した。チリへ向かう漁師とその家族がいるテーブルの横を通り過ぎた。挨拶はなかった。保安検査場で、トレイの上にパソコンと上着、ベルトを置いた。金属探知機のゲートをくぐった。反応はなかった。

手荷物を受け取ると、僕は後ろを振り向いてみた。保安検査場の順番を待つ人々の列。知り合いは見当たらなかった。マリチュが教えてくれたあの手の仕草が思い浮かんだ。彼女の父が最後にしてくれた仕草。それは、彼ら二人のあいだの合図、二人だけの秘密だった。そして最後の。

僕はその仕草を、遠くにいる誰かに向けてしたかった。片手をもう片方の手の上に乗せてそっと撫で、声には出さずに言いたかった。「マイテ・マイテ」、愛してる、愛してる、と。

3 隠された宝

僕が初めてニューヨークに行ったのは二〇〇三年三月、ブッシュ大統領がイラクにたいして最後通牒を突きつけた頃のことだ。作家のエリザベス・マックリンの招きで、友人のミュージシャン数人とともに、マンハッタンのいくつかの場所で朗読をすることになっていた。バワリー・ポエトリー・クラブでの朗読会を終えたあと、僕は生まれてこのかた耳にしたなかでもっとも美しい言語の定義を、ニューヨーク出身の詩人フィリス・レヴィンの口から聞いた。

バスク語って面白いわね、とレヴィンは言った。彼女は僕らの言語のことは以前から知っていて、インターネット上でバスク語の文章を見かけたこともあった。一度ならず、その不思議な言葉の意味を想像してみようとした。見当もつかなかった。だが、あることが彼女の注意を引いた。文章のなかに現われるxの文字の多さだ。

「あなたたちの言語は、宝の地図みたい」と彼女は言った。「他の文字のことは忘れてxの文字だけをじっと見つめていると、宝のありかが見つけられそうな気がするわ」

彼女の言葉は、未知の言語について語ることのできるこのうえなく美しい表現に思えた。宝の地図に似ているだなんて。

印象派の画家ダリオ・デ・レゴヨスは、隠された宝を探すことに一生を捧げた。印象派革命とは、まさにそのことだった。美術学校で教えられるがままに描くのではなく、新たな技法を見つけ出すこと。それまでは、馬の描き方は学んでも、本物の馬を観察することはなかった。型を反復するだけ、技巧を身につけるだけで充分だったのだ。そこで、印象派の画家たちは学校を離れて、自分たちの目に映るものを描くために、戸外へと繰り出した。彼らは、風景画を描くためにカンタブリア海の沿岸地方へやってきた最初の人々だった。キャンバスの上に、海辺の光を捉えたかったのだ。

印象派の画家ダリオ・デ・レゴヨスは、一九〇六年の復活祭をオンダロアで過ごした。それが初めてではなく、以前にもしばしばやってきたことがあった。彼はおもに海洋画を、夜明けに海へ出ていく船や、日暮れ時に帰港する船を描いた。

彼は妻とともに、優雅な〈入り江ホテル〉に宿泊した。それは、レゴヨスの人生でもっとも幸福な日々だったに違いない。画家は気力に満ち溢れ、楽観的だった。そしてその充溢ぶりを示すのが、彼が当時手がけたある作品だ。《カツオ漁船の出港》と題されたその絵は、三、四日でほぼ一気に描き上げられた。そのうえ、彼は出来映えに満足した。鼻高々になって、これはきっと自分の最高傑作だろう、と友人たちに語った。あまりにその絵が気に入っていたので、死ぬまで売ろうとせず、片時も離さず持ち歩いていた。おそらくは、あの幸福な日々の思い出として。

画家の死後、その作品はグレゴリオ・イバラという実業家が買い取った。しかし不幸なことに、一九三六年の内戦で失われてしまった。それ以降、絵の消息はわからずじまいだった。その謎をめぐって、あの絵はいったいどこへ行ってしまったのだろう、破壊されてしまったのか、それともどこかの片隅に埋もれているのだろうか、と人々は首を傾げた。謎が深まるにつれ、作品の評判は高まっていった。

「あれはとても哀愁を感じさせる絵だった。広大な海が、悲劇的な輝きを帯びた赤い空の下に広がっていた。その水面には船の大きな帆が、まるで巨大な黄色い旗のように、延々と連なって揺らめいていた」。これが批評家のロドリゴ・ソリアノの描写だ。当時の別の批評家ファン・デ・ラ・エンシナは、絵のスケッチを描こうと試みた。だが、絵画の航跡はそこで消失している。

僕は幾度となく、その絵の周辺にプロットをめぐらせた小説を書くのも悪くないのではないかと考えたことがある。とはいっても本当のところ、僕が気になって仕方がなかったのは別の謎だった。レゴヨスがオンダロアにいたのが復活祭の頃だったのなら、どうしてカツオ漁船を描くことができたのだろう? カツオ漁は聖ペテロの日、六月二十九日まで始まらないというのに!

画家は勘違いしたのかもしれないし、あるいはあまりに幸福な日々を過ごしていたので、そのようなとんでもない間違いをしでかしてしまったのかもしれない。

ダリオ・デ・レゴヨスのあと、海辺の光を求めてやってきた画家たちは数知れない。内戦が勃発する前のことだ。彼らの一番のお気に入りは、古い橋のある風景だった。スビアウレ兄弟とアドルフォ・ギアール、そしてアウレリオ・アルテタその人が、アルティバイ川にかかる古い橋の姿をキャンバスに捉えている。

アウレリオ・アルテタは一九一〇年代、オンダロアに絵を描きにやってくるようになった。そこで、彼はスビアウレ兄弟に師事した。彼らと同様、アルテタも橋を描いた。だが、アルテタはもっとモダンなことを、一歩前に踏み出すことを望んでいた。彼にとって、橋は失われた古きよき時代の象徴ではなかった。ある人々にとってその橋がバスク的なものの象徴であったとすれば、彼はそれとは異なる別のイメージを与えることになる。

その一九一〇年、アルテタは《橋》という題名で知られる作品を手がけた。その絵には、橋の下をくぐっていく蒸気船が描かれている。彼はその蒸気船を意図的に、橋がもつ中世の雰囲気とのコントラストを生み出すために配置した。いずれにせよ、革新的だったのはそれだけではない。アルテタは描くときに写真の技術を利用したので、彼の絵は、当時の画家たちが新聞のために手がけるようになった挿画にとてもよく似ている。

同時期の絵画で、僕がはっとさせられた作品がもう一つある。《船の見送り》だ。この絵には、出港する船を見送る四人の女性の姿がある。女たちの一人は、子供を両手で高く抱き上げている。夫に向かって、必ず帰ってきてと、そこで子供が待っていると伝えたいのだろう。

ちょうどこの七月、インターネット上である写真を見かけた。カナリア諸島へ向かうボートを写したものだ。そのボートは海を何日も漂流したあとで、ようやく救助船に助けられた。女たちは、救助船から見えるように、乗客のなかに子供がいることがわかるようにと、自分の子供を両手で高く抱き上げていた。あのアフリカ人女性たちの姿は、アルテタの絵が伝えるイメージとまったく同じだった。

アルテタのモデルをしていたベニグナ・ブルゴアという人がいる。ベニグナは当時、十八歳の美しい娘だった。アルテタは彼女を通りで見かけて、自分のモデルになってくれないかと頼んだ。娘は喜んで家へ帰ると、画家と出会ったことを家族に報告したが、両親は彼女をきつく叱りつけた。

両親は、モデルなどというのは売春婦のすることで、論外だと言った。彼らは、ベニグナが画家のところへ行きたがっているのを承知で、娘に外出禁止を言い渡した。外に出てもいいのは古い橋のところまで、橋のたもとにある泉に水を汲みにいくときだけだった。しかし、とても利発な娘であったベニグナは、泉にはいつも水を汲むための長い列ができているのを知っていたので、それを口実に、誰か知り合いに水瓶を預けると、アルテタのアトリエに行ってポーズをとった。こうしてアルテタは、水汲みを待つあいだだけ、彼女の肖像画を描くことができたわけだった。

　ベニグナは秘密を隠し通したので、長年のあいだ、そのことを知る人は誰もいなかった。ところが彼女の死後、旧市街の記念行事の一環で、アルテタの絵画の複製が古い写真とともに店々のショーウィンドーに飾られたときのことだ。アルテタの作品の一つを見るなり、ベニグナの孫が叫んだ。「あれ、ベニグナおばあちゃんだよ！」こうして、かつてその祖母の評判がよくなかったということ、彼女が両親の言いつけに耳を貸さなかったことが、皆の知るところとなったのだった。

　モデルになるというのが生易しいことではない時代があった。別の画家フェリックス・ベリスタインの話によれば、フランコ時代にはさらに困難なことだった。

　ベリスタインは、スビアウレ兄弟と知り合いだった。彼らは北通り（イパル・カレ）にアトリエを構えていたに違いない。あそこは北の方角から光が入るし、それは一番汚れのない、絵を描くには最適の光だからだ。スビアウレ兄弟はフランコ時代、ベリスタインのために奨学金を入手してくれた。残りの奨学金はすべて二百人の神学生の手に渡り、画家のために与えられたのはたった一件、ベリスタインがもらったものだけだった。

　どうやってかはわからないが、兄弟は教会の鐘楼の下に小さなアトリエも用意してくれた。そこは役場の物置になっていて、色褪せた旗、祭りで使われる大頭の人形、箒といった古いがらくたが散乱するなか、まだ若かった画家は、そこで何とか絵が描けるよう工夫しなければならなかった。

また、その屋根裏部屋には禁書もしまい込まれていた。これは掘り出し物だ、とベリスタインは思い、そのような本には禁じられた快楽の数々が、あらゆる罪悪へと通じる道が見つかるに違いないと想像した。ところが、それらの禁書はたいしたことのない、あまりに無害なものだった。ピオ・バロハやキプリング、スティーヴンソンの本だったのだ。

僕の伯父、ボニ伯父さんは、一度そこに居合わせたことがある。というのも、そのアトリエは物置だっただけでなく、町の留置所も兼ねていたからだ。そしてあるとき、悪天候のため出漁が禁じられていたにもかかわらず、決まりに従わなかった罰として、ボニ伯父さんはその古い屋根裏部屋で二日間過ごすよう言い渡された。海へ出たいという情熱が抑えられなかったのだ。

そこで二人は一緒になって、禁書に読み耽った。

モデルたちも時々アトリエにやってきた。教会の隣にある薬局の主人がそれを見つけて、あの若い娘たちが鐘楼のなかでどれほど罪深いことをしているかわかったものではない、と司祭に苦情を申し立てた。

結局、ベリスタインのアトリエは閉鎖された。

だが、留置所は閉鎖されなかった。

怪物、怪物の唸り声。アイルランドの伝説（サーガ）において、ロッコール島はロカバラ、唸り声を上げる岩と呼ばれている。ケルトの伝承によれば、岩が三度目にその姿を現わしたとき、世界の終わりが到来するという。岩は姿を消してはまた現われるからだ。見えるのは夏のあいだだけで、冬には波に覆われて姿を消してしまう。

巨大波の現象は、これまで科学者たちのあいだではあまり調査されてこなかった。ロッコール島の辺りでは波が山ほどの高さに達する、という船乗りたちの報告は、つねに架空の作り話だと考えられてきた。彼らの言うことを信じる人は誰もおらず、誇張にすぎないと思われていた。

僕の父もよくそんな話をしたもので、冬には波が、僕らの住んでいた家の高さになると言っていた。我が家は七階建ての建物の五階にあった。父が言うには、ロッコール島の波は屋根まで届くだろうということだった。「まさか、そんなはずないよ」と答える僕ら子供たちは、父が法螺を吹いているに違いないと思っていた。

父は怒らなかった。

しかし、科学者たちのあいだではつい最近まで、波の高さは最大でも十五メートルを越えることはないと考えられていた。船乗りたちの言い分はまったく異なっていたにもかかわらず。

巨大波は、津波とは別物だ。津波は地震によって引き起こされ、水が海底から突き上げられると、巨大な波となって陸地に到達する。津波が船の下を通り過ぎていったのにまったく気がつかなかったという話を、僕は少なからぬ漁師たちから聞いたことがある。遠洋にいれば、津波はまったく危険ではないのだ。

ところが、巨大波の現象はそれとは異なる。衛星からの観測が始まったとき、大西洋では波が従来考えられていたよりもはるかに大きいことが判明した。だが、衛星経由での測定では、波の高さが正確にどれくらいなのかは不明だった。それを知るためには、実際に海の上にいる必要があった。

二〇〇〇年二月、スコットランド北部のロッコール島沿岸で、観測史上最大の波が確認された。RSSディスカヴァリーという船が同年二月八日、午後六時から午前六時までのあいだに測定したのだ。観測船は、北緯五七・五度西経一二・七度、ロッコール島の東、スコットランドからは二五〇キロの位置にいた。風は西方から吹いていていた。

発見したのは、科学者のナオミ・P・ホリデイ率いる調査隊だった。もっとも奇妙なのは、そうした波が、最大級の嵐のなかで生じるわけではないということだ。ハリケーンの真っ只中で船やブイによって行なわれた観測、たとえば二〇〇四年のハリケーン・アイヴァンのときの観測では、波の高さは最大で十七・九メートルだった。

二〇〇六年のジオフィジカル・リサーチ・レターズ誌三十三号（L05613）に掲載された学術記事「ロッコール島の巨大波は観測史上最大だったのか?」において、ナオミ・P・ホリデイは以下のように結論づけている。「衛星経由の高度計は、波高を正確に測定できず、波を実際よりも小さく観測してしまうということが判明した。我々の船の測定器は、高さ二十九・一メートルの波を発見した。観測史上最大の波である。したがって、調査は海上で、ブイや船によって行なわれなければならないことがあきらかになった」

二十九・一メートル。僕は父の言っていた高さを思い出した。七階建ての建物。七掛ける三は、二十一。これに地階も足さなければいけない。四メートルだとしておこう。二十五メートル。屋根がもう二メートル。二十七メートル。

父は正しかった。その波なら、家をすっぽりと飲み込んでしまったことだろう。

4　十六ミリフィルムの短編映画

ビルバオから、飛行機は海へ向かって飛び立つ。

飛行機が離陸し、ビルバオ河口沿いに沖合へと飛んでいく。かつては貨物船がネルビオン川を下っていったのと同じルートを、僕らは上空から辿っていく。南風が吹いているので、河岸の景色がくっきりと見える。古ぼけたクレーン、工場地帯、拡張された新港湾。

この地では、秋になると南風が吹く。十月に吹き始めて、クリスマス頃まで穏やかな気候が続くのだ。母方の祖母アンパロの話によれば、あの一九三六年の冬はとても温暖で、ほとんど雪が降らなかったという。あたかも神が、内戦の苛酷さを和らげようとしてくれたかのように、バスク人兵士（グダリ）たちに憐れみをかけてくれたかのように。祖母はそう語ったものだった。

飛行機は海に達すると、右へ向かって旋回し、ガレア岬の切り立った崖、ソペラナの海岸を越え、それからウルダイバイの湿地、ゲルニカの町を通り過ぎていく。オンダロアやムトリクの辺りまで来たところで、飛行機は内陸へと航路を取り、広大な大陸を、フランクフルトへ向かって飛んでいく。
　そのオンダロアとムトリクのあいだに、サン・ヘロニモ地区がある。二〇〇五年の秋、僕は「聖ヒエロニムス（サン・ヘロニモ）」と題したコラムを書いた。そこで僕は、十代の頃、サン・ヘロニモ地区の巡礼祭に両親と行ったときのことを綴った。祭りは九月三十日に行なわれるが、毎年決まって雨が降る。だから地元の人たちは聖人のことを「お漏らしの聖ヒエロニムス」と呼んでいた。いきさつはこうだ。僕はそのとき、カシアノという盲目のアコーディオン弾きが地区の広場で演奏するところを見るために両親と出かけていった。すると入り口のところで、他の男の子たちと同様、トランプのカードを一枚手渡された。トランプは二組あって、男の子には一組から、女の子にはもう一組から配られていた。若者たちは各自、自分と同じカードを持つ男女と踊ることになっていたのだ。何てことだろう！

　僕は恥ずかしさに耐えきれなくて、その幸運のカードをどこか隅のほうに捨ててしまい、結局誰とも踊らなかった。

　僕はずっと、自分と同じカードを手にしたまま、待ちぼうけを食わされた女の子は誰だったのだろう、と思っていた。彼女はその後、恋人を見つけることができたのだろうか、それとも今もまだ、カードの持ち主が現われるのを待ち続けているのだろうか、と。

　それがコラムの内容だった。

記事は、二〇〇五年の秋に掲載された。その冬のある夜、ネレアが僕のところにやってきて言った。「サン・ヘロニモのお祭りで、あなたと同じカードを持っていたのはわたしよ」
それ以来、僕らはずっと一緒だ。

毎年、六月初旬になると、バスティダ家は恒例の旅行をした。ビルバオでバスを一台借り、家族と使用人たちが全員乗り込むと、オンダロアへ向けて出発した。バスティダ自身が撮影した十六ミリフィルムの短編映画には、そのバスの姿も記録されている。一九二〇年代の古い映像に、コンバーチブル式のバスが登場し、それに乗った建築家の子供たちが、髪を風になびかせて微笑んでいるのが見える。

一家は六月にやってきて、九月になると戻っていった。彼らは夏中を海辺で過ごした。バスティダは几帳面な性格で、家族の日常生活もきわめて秩序だったものだった。早朝に起きてミサへ行き、それから海岸へ直行して、三時頃になると家に戻って昼食をとった。「あなたのお父さんとそのご兄弟も、よく私たちと一緒に来て食事をしていましたよ。海辺での仕事が終わってからね。あなたのおじいさんもよく家に来ていました。今でも憶えているけれど、ある冬の日、彼が巨大なメルルーサを持ってビルバオの家に訪ねてきたの。みんな仰天してしまって。『いや、お前さんたちのことを思い出したもんだから』って言うんですよ」とカルメン・バスティダは僕たちに話してくれた。

夕方には家事をした。週末は、川でボートを漕いだ。

彼らはいつも朝の七時に教会へ行ったが、「その時間にミサに行くのはあまり好きじゃなかったの、子供には朝早すぎるから。でも、あとになって早起きしたことに感謝したぐらいです、とくに町のお祭りがあるときはね。十一時のミサに行ったら、教会の外で大頭の人形が子供を待ち受けているんですもの。私はあの大頭が恐ろしくてね」

バスティダは昼の一時まで家にいて、仕事をしたり、外国の雑誌を読んだり、音楽を聴いたりしていた。居間には、蓄音機とレコードがたくさん置いてあった。「父が一番好きな音楽はワーグナーでした」

彼はクリ材の大きな机で仕事をした。彼の設計はすべてそこから生まれたのだ。「これが仕事机だったんです」とカルメンが、父親の机をそっと撫でながら説明した。その机で僕らはコーヒーを飲み、カルメンはその横で白黒写真のアルバムを広げた。

僕はネレアと一緒に、ビルバオの家にカルメンを訪ねていった。その家は、リカルド・バスティダが住んでいた頃から変わらず、今にも建築家が通りに面した扉を開けて、部屋のなかに入ってきそうな気がした。彼の仕事場は当時のまま残されていた。友人の画家たちからの贈り物が壁に飾られていた。そのなかに、アルテタの作品があった。マドリードに建つビルバオ銀行の壁画のために、紙に描かれたスケッチだった。

バスティダは、一時頃になると海辺に現われるのがつねだった。いつもスーツを着こんでいた。ジャケットは脱いで、白いシャツ姿だった。そして日陰に入って、友人たちと会話を楽しんだ。

カルメンによれば、町ではそのシャツのことで噂が広がっていたという。

「あのバスティダって奴は、潔癖性か、正真正銘のずぼらかのどちらかだよ。毎日シャツを取り替えているのか、それとも来る日も来る日も同じシャツを着ているのかね」というわけだ。

なぜなら彼はいつも白いシャツを着ていたからだ。

「言うまでもなく、毎日シャツを取り替えていたんですよ」とカルメンは笑って言い、それから一息ついた。

「その頃の一番の思い出は何ですか?」短い沈黙のあと、僕は彼女に尋ねてみた。

「苺のアイスクリームの味ね。六月には、野生の苺の実を摘んでから、港の製氷工場へ氷をもらいに行ったものですよ。苺を集めて氷を手に入れたら、家でアイスクリームを作ったんです。あの味は一生忘れないでしょうね」

一年でもっとも賑やかだったのは、間違いなく八月十五日だった。聖母マリアの日だ。オンダロアでは祭りが開かれ、リカルド・バスティダはその日に誕生日を迎えた。地元の子供たちは皆、彼の別荘へ足を運んだ。というのも、リカルドが子供たちにキャンディを配る習慣だったからだ。

バスティダは映画が大好きだった。趣味が高じて、一九二〇年代には自分で映画を撮り始めた。フィクション作品もあれば、家族の日常を映したドキュメンタリーもあった。「父のおかげで私たちは気がおかしくなりそうでしたよ。最初のうちは扮装をして芸術家気取りになって、すごく楽しかったんです。でもそのうち、セットを準備したり、同じ場面を何度も撮り直したり、何もかも自分たちでやらなければならなくなって。父があのためにどれだけ手間暇をかけたかを考えると、今でも驚きです。それもみんな、子供たちと一緒に過ごすためだったんですから」とカルメンは映画について話してくれた。

僕たちは一番古いものから新しいものまで、すべての映画を観た。最初に見た作品は、『海に生きる人々』と題されていた。

映画は海に暮らす人々を取り上げ、漁師たちがいかに苛酷な条件で働いているかを描き出していた。嵐のなかで船が難破する様子まで撮影されていた。特殊効果のためにおもちゃの小舟を使っているにもかかわらず、その場面はまるで本物のように見えた。オンダロアとレケイティオのあいだにあるセグスタンという入り江の、イラバルツァと呼ばれる岩の真向かいのところで撮影されていた。出演者はバスティダ夫妻と子供たち、そして使用人たちだった。

二本目の映画は、農村を舞台とした『ホセ・マリのサンダル』で、本物の農家を使って撮影され、そこの家畜まで映っていた。三本目は『パタトフ先生』という喜劇で、頭のおかしな医者が主人公だった。

そのあと、家族の日常生活をありのままに映したフィルムが続いた。アリゴリの海岸で海水浴をしている光景。建築家の長男リカルドの姿があった。「すごくハンサムな子でした。父と同じように建築家でね。内戦で亡くなったの」

「子供の頃、お父さんと一緒にアメリカ合衆国へ旅行した、あの……」と僕は思わず口にした。建築家の伝記を読んで知っていたのだ。

「そうですよ。まだ十四歳のときでした。大西洋を横断して、ニューヨークやシカゴ、デトロイトに行ったんです。旅のあいだ、父が日記を書かせていました。子供が書いたものだから、たいしたものじゃありませんけど」

日記の話に、僕ははっと息をのんだ。何か質問しようと思ったが、カルメンが映画のほうに注意を促した。

「ほら、アタノ三世ですよ」

本当だった。伝説的なペローታ選手、アタノ三世が映っていた。オンダロアの球技場で、頭にベレー帽を被ったままペロータの試合をしているところだった。そのあとに見たのは、レケイティオの道路を通過していく自転車レースの様子で、偉大な選手だったバルエタベニャの勇姿が記録されていた。

それから、バスティダ家の子供たちの映像がさらに続いた。朝、ベッドから起き出すところ。藤椅子に座り、髪をスカーフで覆って、昼食をとっているところ。息子のホセ・マリが初めて長ズボンを履いた日のこと。

年月を経るにしたがい、彼らの外見は変化していった。映像も、白黒からカラーへと変わった。そこに登場するカルメン自身も、まだ幼い頃の彼女から、ビルバオのドニャ・カシルダ公園にいる若い娘のカルメン、夏の別荘にいる大人の女性のカルメンへと変身していった。カラーの映像は、最後の頃のものだった。最後に撮られた光景は、庭で使用人たちと一緒にいる家族のポートレートだ。

前方には、リカルドとロサリオ夫妻がいる。もはや高齢だ。そこで、あることが僕の注意を引いた。夫と妻とのあいだに交わされた仕草だ。あるときふと、隣り合って立っている夫妻がじっと見つめ合う。今にも接吻するかのように見える。だがその瞬間、ロサリオが、リカルドの鼻を指先でちょんと突つく。夫がにっこりと微笑む。

「私の人生は、二つの出来事で変わりました。一つ目は内戦、二つ目は父の死でした」

僕はカルメンを見つめた。彼女は年老いていたが、大きな瞳はまるで若い娘のようだった。父はずっとカルメンに会いたがっていた。いつか彼女を訪ねて、子供の頃の話をしたいと、母によく言ったものだった。だが、父がそうすることはなかった。今、その女性の前に座っているのは僕だった。

僕が地図帳とボールペンを持っていったあの日、父は呆気にとられていた。海の仕事から引退してまもない頃だった。

僕は父にペンを渡して、オンダロアからロッコール島までの航路を正確になぞってほしいと頼んだ。父は、まるで別の船長が海の秘密を、隠された漁場への行き方を尋ねているかのように、不審そうな顔をした。

やっとのことで父は承知した。フランスを通り過ぎ、セントジョージ海峡を渡って北西へ向かう。それがロッコール島への航路だった。

緊張ぎみに線を引いていく父の手を見つめているとき、僕は奇妙な感覚に襲われた。父がボールペンで描いたその線は、その地図帳に永遠に残ることになるだろうと気づいたのだ。だが、それと同時に、何かが僕に向かって、父はそうしていつまでも存在し続けるわけではないのだと告げていた。本に描かれた線はいつまでも残るだろう、だが父は違う。そのとき、僕は身の震えを、父を失うことへの恐怖を感じた。

船長は、航海図をけっして人には見せず、港に着くと束ねて家に持ち帰る。死もまた、その航海図をけっして見せることがない。

5 家庭の出来事

作家は支えを必要とする。とくに書き始めの頃には。そして、自信を与えてほしいと思う。正しい道を進んでいると、最後の分かれ道で下した決断は間違っていなかったと、他の人に言ってもらいたいのだ。作家は書き始めるとき、励ましの言葉を必要とする。新聞に最初のコラムが掲載されたとき、僕が父に意見を求めたのもそのためだった。父に認めてほしかったのだ。そのコラムは、今や昔の一九九八年に、僕が初めて発表した文章だった。僕の原点だ。書くのに長い時間をかけただけあって、その最初のコラムは非常に凝ったものになった。できるだけよい文章を書こうとして、出来上がったものはいくらか短編小説に似ていた。だが、僕はそれをきっかけに、新聞のコラムはコラムであって、短編とは別物なのだということを理解した。コラムには、短編にないある要素が不可欠なのだ。それはつまり、即時性である。

父の返事は変わっていた。彼は褒めるかわりに、ある小話を僕にして聞かせた。父が幼かった頃、オンダロアには二人の司祭がいたという。その二人の説教の仕方はまったく異なっていた。

ドン・マヌエルの説教は親しみやすくて、人々は彼の言いたいことを余さず、しかも容易に理解することができた。一方、もう一人の司祭の話し方は複雑きわまりなかった。何を言っているのかさっぱりわからなかった。ドン・ヘススのことだ。彼は教会の前列に座っていた富裕層に向かって教えを説き、後ろの列の人々にはまったく注意を払わなかった。それで、お前はその二番目の司祭のような書き方をしているんだよ、と父は言った。ドン・ヘススのように、表情や身振りに欠けているんだ。

正直にそう言ってくれた父に、僕は一生感謝し続けることだろう。一つには、僕が書いたものは新聞に掲載するにはあまりに文学的すぎる、ということをわからせてくれた。そしてもう一つには、直接的な判断は下さず、「いいコラムだ」とか「よくない」とは言わなかった。直接的な評価をすることなしに、自分の意見を小話で包み込んで伝えたのだ。それが僕の一番気に入ったところだった。つまり、その小話のおかげで、物事がよりはっきりと見えるようになった。実際、物語というのは、現実のさまざまなニュアンスを含みもっている。そして、そうしたニュアンスこそが、人生でもっとも重要なものなのだ。

記憶の働きというのは不思議なものだ。僕ら自身の思い出し方によって、かつては現実だと思われていたことがフィクションへと変貌してしまう。少なくとも、そうしたことが家族のあいだでは起こる。僕らより先立っていった人々のことを記憶に留めるために、彼らの物語が語り伝えられ、そうした逸話のおかげで彼らがどんな人物だったのかを知ることができる。そして、そのなかで割り振られた役柄にしたがって、人は記憶されるのだ。

たとえば、母の祖母、スサナおばあさんは信心深い人だったと言われている。いつも長いスカートを履き、顔を青白くして自分の美しさを目立たせないために酢を飲んでいたほどだった。毎年クリスマスになると、キリスト生誕の場面を再現した大きな置き物を家のなかにつくった。家の居間いっぱいを占めるほどの大きさだった。彼女はロウで、羊や羊飼い、聖人たちの人形をこしらえた。山々は苔でできていて、本物の川の水が流れる小川すらあった。

町の人々は、親子で連れ立ってスサナおばあさんのつくったクリスマスの飾りを見にやってくるのが習慣になっていた。そして帰り際に、侍者の姿をした人形が手にした籠のなかに小銭を入れていった。

スサナおばあさんはこうしてわずかばかりの収入を得ていた。そのクリスマスの飾りと、教会の聖人像の世話とで。彼女はとくに〈悲しみの聖母〉の世話を引き受けていて、そのマリア像の衣を洗うのが仕事だった。一九〇八年七月に海難事故が起きたときのこと、地元の漁師たちは怖れをなして、そのような事故が二度と起こらないようにと教会に多額の寄付をした。そのお金で、〈悲しみの聖母〉に新しいマントがつくられた。そして、古いマントはスサナおばあさんが譲ってもらい、箱のなかにしまっておいた。彼女の娘で僕の祖母にあたるアンパロは、そのマントをどうするつもりなのかと尋ねた。「私が死んだら、このマントを着せてほしいんだよ」。その返事に、アンパロは耳を疑った。南風が吹くと、スサナおばあさんが古いマントを箱から出してベランダに干すのには、もう我慢がならなかった。「マントは大事な日のために、風にあてておかないといけないんだよ」というのが、スサナおばあさんのお決まりの答えだったという。

一九〇八年に起きた難破の惨劇については、マリチュおばさんからも、ベゴニャ地区の家に彼女を訪ねていったときに聞いていた。帆船サン・マルコス号が沈没し、彼女の祖父カヌートと伯父イグナシオがオンダロアの入り江で溺死したが、死体は見つからなかったという話だ。彼女に聞いたところでは、家族はすぐ近くで難破を目撃しながら、どうすることもできなかった。それ自体悲劇的な出来事が、家族がそれを目の当たりにしたことによってさらに痛ましい体験となったのだ。

その海難事故が起きたとき、マリチュはまだ生まれていなかった。彼女もまた、その出来事について家族から聞かされたに違いない。そして、僕にも同じように事故のことを語り伝えた。あたかも自分がその場に居合わせたかのように。

ところが、カヌート・バディオラと息子イグナシオの死亡証明書を探して地方裁判所に足を運んだとき、驚くべきことがあった。マルタという秘書が書類を用意してくれていた。カヌートの死亡届もそこにあった。だが、ある情報に僕の目は釘づけになった。カヌートおじいさんや他の乗組員が命を落としたのは、オンダロアの入り江ではなく、西に百キロ近く離れたサンタンデールの沖合だったのだ。

当時の新聞記事にあたってみると、書類は間違っていなかったことがわかった。船が沈没したのはサンタンデール沖だった。事故の詳細も記録されていた。突如として北西から風が吹き始めたために、帆船がそこで難破してしまったのだ。

一九〇八年七月十二日、死者は計二十八人にのぼった。サン・マルコス号で七人、サン・ヘロニモ号で八人、サンタ・マルガリータ号で二人、ヘスス・マリア・エタ・ホセ号で三人、ヌエストラ・セニョーラ・デ・ラ・アンティグア号で三人、コンセプシオン号で四人、サン・イグナシオ号で一人。

帆船サン・ヘロニモ号は、その辺りを捜索していたホアキン・デ・ブスタマンテ号という蒸気船に発見され、海底から引き揚げられた。船のなかからは、十一時半を指したまま止まっている時計が見つかった。

しかし、マリチュはいったいどうして、船が難破したのはオンダロアだったと僕に言ったのだろう？　なぜ場所が変わってしまったのだろうか？

あまりにも悲劇的な事故だったので、家族はそれを思い起こすときに場所すらも変えてしまったのかもしれない。彼らは事故の現場を自分たちに近づけ、サンタンデールからオンダロアへと移した。記憶が、苦しみをより間近なものにしたのだ。

集団的な記憶がどのように働くかを知るのは興味深い。エロリオにあるベリオサバルの泉にまつわる話がそのいい例だ。エロリオでは代々、泉の彫刻はインカ文明の図柄を模していると信じられてきた。

その泉は、十九世紀にマヌエル・ベリオサバルゴイティアが造らせたものだ。彼は法律を学び、ペルーへ渡った。クスコに到着したのは一八〇三年のことだ。そこで、マリアという現地生まれ(クレオール)の女性と知り合った。黒髪で、闇の色をした大きな目は、まるでこの世の重荷に耐えきれないとでもいうような悲しみをたたえていた。マリアは良家の娘だった。ペルーでも指折りの裕福な家柄だ。彼女の両親は、マヌエル・ベリオサバルゴイティアという素性の知れない人物、ヨーロッパからやってきたばかりのその若い法律家を家に迎えたがらなかった。だがその四年後、二人は結婚した。マヌエルは利口で分別のある男で、数年と経たないうちにマリアの実家の財産を何倍にも増やしてみせたので、舅はおおいに驚き、そして喜んだ。彼らの将来を脅かすものは何一つないように思われた。しかし、人生には浮き沈みがつきものだ。キトで反乱軍が蜂起し、その動きはやがてチャルカスやポトシにも広がった。ペルーがスペインから独立を成し遂げるのは時間の問題だった。マヌエルたちは財産をすべて失い、ヨーロッパへ戻るほかなくなった。

言い伝えによれば、エロリオの冬は、マリアにとってあまりに長すぎた。話をする相手もいなければ、一緒に楽しい時を過ごす相手もいなかった。夫は財産を取り戻すのに必死で、家を空けてマドリードにいることが多かった。マリアはというと、秋になるとふさぎこむようになり、クスコの晴れ渡った空や、賑やかな街角に思いを馳せてばかりいた。

マリアはすっかり人が変わってしまった。ますます物静かになり、近くの森をひとりきりで散歩している姿が目撃されるようになった。夕食の席でも、夫婦は言葉を交わすことがなかった。

そこでマヌエルは、泉を造ることにした。その泉は、クスコを、クスコの街の光を、マリアと彼がそこで幸せに過ごした年月を思い出させてくれるはずだった。

思い立ったが吉日。というわけでさっそく、建築家のミゲル・エルコロベレシバルが設計を手がけた。エロリオの近郊でもっとも腕の立つ石工たちが集められた。選び抜かれた石材に、彼らは細心の注意を払って彫刻をほどこし、細心の注意を払って一つひとつ積み上げていった。

これが町で語り伝えられてきたことだ。

僕はその泉の話が好きだった。僕が気に入ったのは、一つには、それが流浪の人生について語っているからだ。マヌエルとマリアは、どこにいようとも流浪の身だった。二人とも、生まれ故郷にいつか帰りたいと思い続けていた。時とともに、場所も人々も変化してしまうことを知りながら。そして、僕がとくに気に入ったのは、愛する人を喜ばせるため、それほどまでに美しい行為をする人がいたということだ。かつての二人の感情を取り戻すため、最後の望みをかけてなされた努力に、僕は心魅かれた。

空想は現実に基づいているのだと言われるが、物語の法則は、真実の一面だけを語ることだ。これは必然で、そうでなければ物語は機能しない。だから、サン・マルコス号がサンタンデールで沈没したことも、スサナおばあさんがマリア像の古い衣を干していたことも、ドン・ヘススの説教が複雑きわまりなかったということも、本当かどうかはたいして重要ではないのだ。

ミゲル・エルコロベレシバルはペルーの美術に無知だったので、泉を造るにあたって彼が参考にしたのは、新古典主義だった。マヌエル・ベリオサバルゴイティアの意図は、ロマンチックでも何でもなかった。マヌエルは進歩主義者で、泉はその地区の住民の生活状況を改善するために造らせたものだった。

その他はすべて、人々の空想だ。

6　二人の友達

帰り際、カルメン・バスティダは僕に封筒を手渡した。「父がアルテタとやりとりしていた手紙です。何か役に立つものが見つかるといいのだけど。あなたに差し上げますから、返しに来なくて結構ですよ」

それは、手紙の原本をコピーしたものだった。僕がやってくること、僕がアルテタとバスティダの関係を示す手がかりを追っていることを知って、用意してくれていたのだ。しかも、彼女は帰り際までそのことを伏せていた。

「いいんですよ。あなたのおじいさん、おばあさんはいい人たちだったわ」と彼女は別れのキスをするときに言った。その言葉に僕はふと考えさせられた。

翌日、僕は封筒を開けて、アルテタとバスティダのあいだに交わされた手紙を調べ始めた。残念なことに、別荘の壁画とビルバオ銀行の建物がつくられた時期の手紙は入っていなかった。あとになって、マドリードで建設が行なわれていた頃、バスティダはアルテタのもとを毎週訪ねていたことがわかった。それならば手紙を書く必要もなかったわけだ。そこにあった手紙は後年に書かれたものだった。

マドリードでの仕事は、思い描いたとおりの出来映えだった。二人は大成功を収め、他にもたくさんのプロジェクトを一緒に手がけるようになった。その一つ目が、ビルバオ中央高校だった。

一九二七年のことだ。ビルバオの中心街で初めての高校が十月一日に開校することになり、その日のためにスペイン国王アルフォンソ八世の肖像画が発注された。校舎はバスティダが設計したのだが、彼はそのときも友人のアルテタのことを忘れなかった。アルテタは期日までに絵を完成させ、それは高校の講堂に飾られた。

しかし内戦後になって、肖像画は跡形もなく消えてしまった。美術書にも行方不明の絵画として紹介されている。

二〇〇五年の春、僕はその高校で講演をした。まさにその講堂で、だ。会場に入ってすぐ、真正面にその絵が掛かっていることに気がついた。僕は我が目を疑った。

「ここにあるのは宝物ですよ」と僕は驚愕のあまり、生徒と先生たちに向かって言った。その絵画の消息は永遠に失われたものとばかり思っていたのだ。

これを聞いたある先生が、絵が見つかったいきさつについて話してくれた。

「この絵はずっとその場所に掛かっていたわけではないんです。つい最近、物置で、虫に食われた机や椅子のあいだに大きな絵があるのが見つかりました。四〇年代に描かれたフランコの肖像画だったんですが、洗浄しているとき、絵の下に何か別のものが描かれているのがわかりまして ね。表面の絵の具を取り除いてみたら、アルフォンソ八世のお顔が出てきたというわけなんです」

それがアルテタの絵だった。長年のあいだ、学校の敷地から出ることもなく、ずっとそこにあったのだ。ただし、別の顔の下で。

独裁者フランコは、あらゆる物事の上に君臨していた。

バスティダとアルテタがともに引き受けた二つ目の仕事は、ログローニョの神学校だった。バスティダは、建物を飾る絵画の制作をアルテタに依頼した。

この仕事は、アルテタにとって生き地獄だった。その神学校を管轄する司教が、不可知論者であった画家のことを信頼せず、作業中もひっきりなしに口を挟んできたのだ。アルテタがそのために大変苦労していたことは、手紙の文面にはっきりと表われている。だが、そこには喜劇的なところもあった。

手紙を読んでみると、アルテタとバスティダがどんな人柄だったかが手に取るようによくわかる。二人の性格はまったく異なっていた。アルテタの手紙は手書きだった。彼は便箋を半分に折って使っていた。手紙は表面から始まり、折り目の内側に続いて裏面で終わっていた。書き損じてしまった箇所は線を引いて消し、そのまま書き続けていた。

バスティダの手紙はまるで別物だった。タイプライターできれいに清書され、線で消された箇所などひとつもなかった。万が一のためにカーボン紙を使って書き、手紙の写しが必ず手元に残るようになっていた。

便箋も洗練されていた。左上にはレターヘッドが印刷されていた。

アルテタはほとんどの手紙で、バスティダに助けを求めていた。たとえば、絵画の構想を司教に説明しなければならないとき、彼は建築家に擁護してほしいと頼んでいた。それに、司教が彼の仕事に干渉しすぎると不平を漏らしてもいた。

どうやら、アルテタは司教にほとほと手を焼いていたらしい。いつも宗教書や聖人の肖像画を見せてくるので、アルテタは気がおかしくなりそうだった。聖人の肖像画を見せてきては、こんなふうにしてほしい、あんなふうにしてほしいなどと画家に向かって注文をつけてくるのだ。

「彼には、本の挿画と壁画は別物なのだということがわかっていないのです」と、アルテタは腹を立ててバスティダに手紙を書いた。おまけに司教は、壁画があたかもそうした小さな肖像画の拡大版であるかのように、壁画の中央に聖母マリアを描いてほしいと言い張った。

一九二九年五月二十三日付でバスティダがアルテタに送った手紙は、記録しておく価値がある。

バスティダはアルテタに宛てて、耐えるのだと、司教の言うことに従ってはならないと書いている。たとえば聖母マリアの位置に関して、彼の意見に一度でも従ったなら、絵画は破壊されたも同然だ。なぜなら、それ以後はつねに司教の望むままにせざるをえなくなってしまうだろうから。どうか辛抱してほしい、司教も、君が頑として譲らないとわかれば、余計な干渉はしなくなるだろう。私が神学校の設計図を見せたときも似たようなことが起こったが、激しくやり合ったあとで、最終的に司教が私の主張を受け入れることで決着がついたのだ、とバスティダは書いていた。

君にはつらいだろうが、気遣いは抑制してくれたまえ。こうしてはっきりともの申すのを許してほしい。正しいのは、君の芸術家としての良心が痛むことを受け入れるのではなく、意志を貫くことだ。そうしなければ、不和を避けて譲歩してしまったなら、そのことは君の良心に重くのしかかり、一生後悔することになるだろう。繰り返すが、私の厳しい言葉遣いを悪く取らないでくれたまえ。この最初の闘いに勝たなければ、あとはすべてにおいて敗北が待つばかりだ。

親愛の情を込めて、君の友より。

バスティダ

しかし、建築家の手紙は充分な力を発揮しなかった。六月八日にログローニョから送られた手紙のなかでアルテタは、司教に譲歩してしまったことをバスティダに打ち明けている。聖母マリアを中央に描くことになってしまったが、それほどひどい出来にはならないだろう。ルネサンス以前の絵画でもそうしていたことだし、それに倣うことにする、と彼は書いていた。

ところが、アルテタは自分を欺いていた。

バスティダは、それがどのような結果を招くかよくわかっていた。壁画は十月一日に完成するはずだったのだが、九月四日に書かれた手紙には、アルテタの絶望感が滲み出ている。問題は山のようにあった。大理石の粉は、マドリードの壁画で使ったものほどきめが細かくなく、水もアルテタの好みに合わなかった。乾きが早すぎるのだ。資金も底を尽き始め、アルテタは作品を完成させる前に報酬を一部前払いしてもらうことは可能かどうか、バスティダに尋ねていた。

何か月も経ったのに、壁画は目印となる水平線一本しか描かれていなかった。

親愛なるバスティダへ

作業がこれだけ遅れていることを知ったら、君はさぞかし驚くことだろう。だが、聖母マリアを描き始めたときから、事態は悪化の一途を辿っている。四回も描き直したのだ。私自身が気に入らなかったこともあれば、司教のお気に召さなかったこともある。困るのは、こうした最終的な変更のために、作業が余計にややこしくなっていることだ。

考えてもごらん。最初に描いた頭部は司教のお気に召したようだったのだが、彼は少し小さすぎやしないかね、と言うと、熱弁をふるって聖母マリアのイメージの宗教的重要性を説いてみせたのだ。

私は大きく描き直すほかなかった。結局、それでも悪くないように思えてきた。ルネサンス以前の絵画でも、ある人物が他よりも大きく描かれるのはよくあることだから。しかし、話はそれでは終わらなかった。司教は、聖母マリアの姿が使徒たちよりも大きいのに気づくと、こう言ったのだ。「男性像が女性よりも小さいのはよろしくない」ので、「もっと大きくできるだろうね」と。

私としては百回描き直してもかまわないが、司教が作品を台無しにしているうえに、私の苦労にまったく気づいていないのがつらいのだ。おまけに、先週体調を崩してしまった。

ごきげんよう。抱擁を送る。

アルテタ

嘘みたいだが、アルテタは何とか作品を完成させただけでなく、その出来映えには皆が満足した。司教さえも気に入った。批評家たちは、ルネサンス以前の絵画を思わせる作風を賞賛し、フラ・アンジェリコの壁画を想起させると指摘した。

一方で、アルテタの信仰心のなさを強調し、画家が本心ではその神学校の仕事に乗り気でなかったのだと論じた批評家もいた。

アルテタの迷いや自信のなさに、僕は自分が書いている小説のことを思い出させられた。

二〇〇二年十二月、僕は小説の最初の一文を書いた。

本の始まりには、カーソン・マッカラーズの小説『心は孤独な狩人』の書き出しのような力強い一文が欲しかった。「町には二人の啞がいて、彼らはいつも一緒だった」。この文章は多くのことを語っている。この小説は二人の聾啞者をめぐるものであるということ、そして、彼らが生きている疎外と、二人を結ぶ友情についても。

あるいは、シルヴィア・プラスの小説『ベル・ジャー』の冒頭のような一文。「眩暈がするほど蒸し暑い夏、ローゼンバーグ夫妻が電気椅子にかけられたあの夏に、私はニューヨークで何をしているのか自分でもわからなかった」。驚くべき書き出しだ。たった一文のなかに物語の設定が、語り手がいつ、どこで、どうしているのかが的確に書き込まれている。

「父が生まれた頃、家はすでに瓦礫と化していた」

僕が小説の書き出しに選んだ文章はこれだった。その後、「父」という言葉を消して、「彼が生まれた頃、家は跡形もなくなっていた」とした。「彼が生まれた頃」というフレーズに、読み手の好奇心をそそる何かがある気がしたのだ。

それと同じ年、小説執筆のための助成金に応募もしてみた。そのきらりと光る冒頭の一文を添えたのだが、結果は落選だった。『二人の友達（ドス・アミーゴス）』というタイトルをつけたその執筆計画は、二十頁足らずだった。

その二十頁ほどの最初の草稿のなかで、記憶に留めておくに値するのはたったの一文だけだった。

「家は人が住まないと内側から死んでいき、人もまた同じように死んでいく」

落選したときは、もちろん悲しかった。けれども、今となっては審査員に先見の明があったことに感謝している。当時はまだ小説を書くには早すぎたのだ。何事にも時機というものがある。いずれにせよ、実を言うと僕は、あの二〇〇二年の書き出しに固執したまま、長いあいだそれを変えなかった。小説が完成した暁にはその一文が残っているかどうか、友達と賭けをしたぐらいだ。だが一方で、それは悪い兆候ではないか、同じ一文に固執していたら大きな進展は望めないのではないか、と自問している自分がいた。

結局、僕はいつものように賭けに負けた。そしてもちろん、書き出しは変わった。書き直した一文はこうだ。

「魚と樹は似ている」

7　フランクフルト

フランクフルトには予定どおりの時刻に到着した。午後三時二十分。ニューヨーク行きの飛行機は五時に出発する。一時間二十分の内にターミナルBからターミナルAへ移動しなくてはならない。乗降用ブリッジは使わなかった。ターミナルへはバスで運ばれた。ガラスの扉が開く。エスカレーターが乗客を上まで運ぶ。パスポートの審査。エレベーターで上の階へ。ターミナル間の移動はトンネルを通る。トンネルのなかは照明が点滅していた。赤、緑、赤、緑。BGMも流れている。いくつかの曲が代わるがわる聴こえる。宇宙船のなかにいるみたいだ。エレベーターに乗り、ターミナルAに出る。今、僕の目の前には搭乗案内のスクリーンがある。ニューヨークの文字を目で探す。ニューヨーク行き、便名LH４０４。これだ。搭乗口は32番。

アメリカ合衆国行きの保安検査場。靴を脱ぐように言われる。待合ロビーで腰を下ろす。前にニューヨークへ行ったときと変わっていない。ガラス窓の向こうには飛行機が待機している。ほっと一息ついて、周りの人々、これから空の旅をともにするはずの人々に目をやる。

そういえば二〇〇三年には、インド人らしき女の子に目を留めたことを思い出す。行ったり来たりして落ち着かない様子だったのだ。一瞬、僕らの視線が交差した。彼女は大きな黒い瞳をしていた。はにかんだ瞳。その後、彼女の姿は人混みのなかに消えた。僕は搭乗の時間を待ちながら、暇潰しに、あの娘は何の目的でニューヨークへ行くのだろうかと考えた。もしかしたら、ニューヨーク大学の学生なのかもしれない。インドにいる家族に会うために帰国して、アメリカに戻るところだろうか。

列に並んで待った後、飛行機に乗り込んで自分の座席についた。バッグを上の荷物棚に入れようとしていて、気づきもしなかった。あのインド人の女の子が僕の背後で、チケットを片手に立っていたのだ。彼女の座席は僕の隣だった。僕は思わずうれしくなった。乗客三百名超の飛行機で席を隣り合わせるなんて、まったくの偶然としか言いようがない。彼女は何も言わなかった。かすかな微笑みを浮かべると、荷物を上の棚にしまい、席について安全ベルトを締めた。搭乗終了（ボーディング・コンプリーテッド）。機体の扉が閉まった。

初めのうち、僕は彼女に話しかけようとはしなかった。七時間もあるのだから、知り合うには充分だと思ったのだ。離陸してしまえば、会話はおのずと始まるはずだ、と。

僕たちが座っていたのは、飛行機の中央列だった。足を伸ばしたくなったり、洗面所に行かなければならなくなったりしたときにそこから出るのは容易ではないから、一番居心地の悪い場所だ。

彼女は、窓際の座席が二つ空いているのに気づいて、フライト・アテンダントにそこへ移ってもよいかと尋ねた。フライト・アテンダントは、どうぞ、と言った。またしても、かすかな微笑みが彼女の挨拶だった。そして、インド人とおぼしきその女の子は、僕の隣の席をあとにして窓際に座ってしまった。

だが、話はそこでは終わらなかった。五分と経たないうちに、ある男が彼女に近づいていった。この座席は空いていますか、と彼は訊いた。彼女はしぶしぶ頷いた。ちょうどそのとき、僕の隣にも別の男性が座った。中央ヨーロッパの人だった。

飛行機が離陸すると、僕の隣の男性は足下のバッグから雑誌を何冊か取り出した。ファッション雑誌だった。彼はその一冊を開くと、頁を破り始めた。それも、かなりの力を込めて。それが飛行中ずっと続いた。雑誌の頁は次々とむしり取られていった。男は紙をくしゃくしゃにして、バッグのなかに投げ捨てていった。ものすごく乱暴なやり方で。

僕は少しも眠ることができなかった。その男が、雑誌の頁をむしり取るのと同じだけの力を込めて、僕の首をもぎ取るのではないかという気がしたのだ。

一方、あの女の子の隣に座った男はというと、飛行中ひっきりなしに喋り続けていた。彼女を質問攻めにし、口説こうとしているみたいだった。彼女はほとんど相手にしなかった。そのうち、間違った選択をしたとでもいうように、座席の隙間から僕のほうをちらりと見た。僕たちの目が合ったのは、そのときが二度目で最後だった。

彼女は荷物を持って、機体の前方に行ってしまった。

それ以後、僕たちがどこかで顔を合わせることはなかった。僕らの人生はあの一瞬だけ交錯し、その後はそれぞれが自分の道を進んだ。まるで蛇行した長い流れのどこかで、あと少しのところで合流しかけた二本の大河のように。

母方の伯母のマルガリータによれば、僕の父は若い頃、結婚指輪を海に落としてしまったのだが、伯母が家の台所でメルルーサを洗っていると、その指輪が魚の腹のなかから出てきたことがあるという。そんな偶然が起きるなんて、とてもあり得ないことだった。父が海で指輪を失くし、あるメルルーサがそれを飲み込んで、のちに父の船がそのメルルーサを捕まえただなんて。そして捕まえられた何百匹ものメルルーサのなかから、父は一匹だけを家に持ち帰ったのに、それがまさに彼の結婚指輪を飲み込んだ魚だったなんて。そんなことがどれだけの確率で起こり得るのかはわからないが、天文学的数字には違いない。不思議なのは、伯母が今でもその指輪の話は本当だと、本当にそんなふうにして起こったのだと語り続けていることだ。

僕はこの話をもとに、「金の指輪」という詩を書いたこともある。その詩が出版されたとき、思いもかけなかったことが起きた。似たような出来事を綴った何通ものEメールが、あちこちから送られてきたのだ。どれも失くした金の指輪をめぐる話で、それが何年も後になって、とても信じ難いかたちで発見されたことが語られていた。ある友人はわざわざ電話をかけてきて、ティム・バートンの映画『ビッグ・フィッシュ』を見たのだが、そこにも巨大な魚が金の指輪を飲み込む話が出てくる、もしやティム・バートンは君の詩のストーリーを真似たのではないか、と知らせてくれた。

だが、もっとも説得力のあるメールは、ビルバオにあるデウスト大学で口承文学を講じているハビエル・カルツァコルタ教授から届いたものだった。

差出人――ハビエル・カルツァコルタ　kaltzakorta@deustu.ed
宛先――キルメン・ウリベ　kirmen@gmail.com
日時――二〇〇四年四月十一日
件名――金の指輪

君の伯母さんが聞かせてくれたという話についてだが、金の指輪の物語はヨーロッパ中に広がっている伝説なのだよ。たとえば君も憶えているだろうが、あのイタロ・カルヴィーノが

『新たな千年紀のための六つのメモ』という本のなかで、「速さ」について論じた講義に収められている次のような話がある。

皇帝シャルルマーニュはもうずいぶん歳をとってから、あるゲルマン人の娘に恋をしました。廷臣たちは、皇帝がすっかり恋の想いの虜になって、帝王の威厳すら忘れ、国務をなおざりにしている有様をみて、ひどく心配していました。突然、その娘が死んで、宮廷の高官たちはほっと安堵したのですが、それもつかの間でした。というのは、シャルルマーニュの恋は、娘とともに死んだというわけではなかったからです。皇帝は亡骸をミイラにして自分の部屋に運ばせると、その傍を離れようとしませんでした。テュルパン大僧正は、この気味悪い情熱に驚き怖れ、もしや呪術でもと怪しんで、亡骸を調べてみようと思いました。死人の舌の陰に隠されて、宝石を嵌めた指輪が見つかりました。指輪がテュルパンの手に移るや否や、シャルルマーニュは大慌てで亡骸を葬らせ、大僧正その人に愛情を向け始めました。テュルパンはこの気まずい立場を逃れるために、指輪をコンスタンツの湖水に投げ捨てました。シャルルマーニュは湖に恋をして、もうその岸辺を離れようとはしませんでした。

これが、イタリアで収集されたカルヴィーノのバージョンだ。指輪が話の軸をなしているが、君の異文（バリエーション）とは異なる点がある。カルヴィーノのほうには指輪こそ登場するが、魚はどこにも現われないのだ。

そこで私は、金の指輪の直接の由来はヘロドトスであると思うのだよ。ヘロドトスの『歴史』は紀元前五世紀頃に書かれていて、当時の口承文化を伝える要素に富んでいる。そのなかに、金の指輪の物語があるのだが、それは以下のとおりだ。

ギリシャにポリクラテスという名の王がいた。ポリクラテスは幸運に恵まれており、エジプト人の友人アマシスに手紙のなかでそう語った。ポリクラテスは、私の人生は幸福そのものです、不満はひとつもありませんし、これまでどおりに暮らすこと以外に、人生に望むことは何もありません、と書いた。アマシスは彼に腹を立てた。しかも、心底腹を立てた。アマシスは、人に向かって自分は幸福だと言うのは配慮に欠けている、そうすれば周囲の者に嫉妬をかき立てるばかりだ、と返事を書いた。そして、幸福であるというだけでは駄目で、苦しむことも必要なのだ、と忠告した。そのためには、つまり苦しむためには、最愛のものを失う必要があるのだ、と。

ポリクラテスはしばらく考え込んだ末、友人のアマシスの言葉に従うことにした。親友が贈ってくれた金の指輪を手に取ると、喪失とはどのようなものかを知るために、それを海に投げ捨てた。ところが、指輪は巨大な魚に飲み込まれ、ある漁師がその魚を釣り上げた。あまりに大きな魚であったため、漁師はそれをポリクラテスに献上することにした。ポリクラテスはそれほどにまでよい君主であったのだ。

きれいに洗われた魚を見るなり、ポリクラテスは自分の指輪に気づき、運命が大事な指輪を自分のもとへ帰してくれたのだと考えた。そして、これは神の思し召しに違いない、無駄に苦しむことはないのだ、苦しみは人生がもたらすものであって、幸福ならばその幸福を享受し続けるべきなのだと、神は自分に伝えたかったのに違いないと思った。

ヘロドトスが書いた物語は、中世になると聖人伝に加えられた。サモラの聖アティラーノの伝説によれば、この聖人は故郷を離れてエルサレムに向かう際に、ドゥエロ河に指輪を捨てた。そうして自らに罰を与えることで、若き日の過ちを償おうとしたのだ。指輪がいつの日か彼のもとへ戻ってきたなら、それは神からの合図だと彼は考えた。許しを与えるという合図だ。数年ののち、彼が故郷へ戻ったとき、一匹の魚が献上された。その魚の腹のなかに、聖人は指輪を発見した。

君が言うように、曾祖母のスサナさんがそれほど信心深い人であったのなら、彼女が聖人伝のなかで読んだその話を、君の伯母さんが祖母の口から聞いたということもあり得るだろう。真相は誰にもわからないがね。

マルガリータ伯母さんは、内戦中の一九三七年に生まれた。五人姉妹の上から二番目だった。彼女の名前にも由来があった。僕の祖母は、最初に生まれた女の子にアネ・ミレンというバスク語の名前を付けた。共和制時代のことだ。だが次女のときは、姑に名付け親になってもらった。というのも二人は長年、政治的な理由で対立していたからだ。祖母の姑は伝統主義者、祖母自身はバスク・ナショナリストだった。お互いに怒りを鎮め、関係を修復するために、祖母は子供の名前を付けてほしいと姑に頼んだ。ところが姑は、彼女を許さなかった。祖母への嫌がらせとして、伝統主義者の女性協会の名前にちなんでマルガリータと名付けたのだ。こうして、伯母は永遠にその名前で呼ばれることになった。

伯母たちは、おそらくもっとも数多くの変動を体験した世代だろう。内戦後の困窮した社会に育ち、一九六八年のパリ五月革命の思想にすぐさま適応しなければならなかった。僕の母も一度ならず、キリスト教団体で働いていた人がマルクス主義者に変身するのに二、三か月もかからなかった、と話してくれたことがある。並大抵の変化ではない。一晩明けたら、過去のあらゆるものがまったくの役立たずになってしまっていたのだ。

しかし、彼らの内には、二つの世界が生き生きと共存していた。だからこそ伯母は、缶詰工場の労働組合の代表を務めていながら、クリスマスになるとキリスト生誕の場面を再現した置き物を準備した。アンティグアの礼拝堂に僕らを散歩に連れていき、礼拝堂に収められたナザレのイエス像には奇跡を起こす力がある、と話してくれたのも伯母だった。その聖像は、アンティグア教会の聖歌隊席の下にある、ガラスの飾り棚に入っていた。手にキスをしてその飾り棚に押しあてると頭がよくなるのよ、と伯母は言っていた。それで、僕は洗礼すら受けていなかったのに、試験の時期にはそこへ連れていかれ、聖像にキスを捧げたものだった。それがおのずと習慣となって、僕は高校へ行っても大学に進んでも、試験で苦労しているときにはあの礼拝堂へと足が向いた。

伯母が本当に、ナザレのイエス像の奇跡の力を信じていたのかどうかはわからない。父の結婚指輪をメルルーサの腹のなかから見つけた、と彼女が本気で言っていたのかわからないのと同じように。きっと答えはノーだろう。でも、僕はそれでもかまわない。本当であろうが嘘であろうが、一番大事なのは物語そのものなのだから。

8 十四歳の少年

カルメン・バスティダを訪問してから一か月後、家に小包が届いた。送り主はカルメン自身だった。中には小さなリングノートが入っていた。ノートの表紙には、《シカゴの聖体大会への旅行、一九二六年六月〜七月》とあった。

それは建築家の同名の息子、幼いリカルド・バスティダの日記だった。縦十六センチ、横幅十センチの携帯用の手帳だ。表紙は厚紙で、中の頁には罫線が入っている。全部で八十六頁。リカルド自身の手で頁番号が振ってあった。八十六頁中、八十四頁に書き込みがあった。彼の筆跡はいかにも十四歳の少年らしかった。

カルメンはリカルド少年の日記の話をしたとき、僕が興味を示したのに気づいていたのだろう。だが僕は、その日記は私的なものだろうと思ったので、見せてほしいと頼むことはあえてしなかった。

ところが驚いたことに、僕が何も言わなかったのに、カルメンは自分のほうから、それを僕のもとへ届けてくれたのだ。

　包みには小さなメモも入っていた。「子供が書いたつまらないものですが、もしかしたらと思って。カルメン」


　A32番のゲートで搭乗が始まるのを待ちながら、リカルド少年の日記をバッグから取り出した。僕がこれから飛行機で旅するのと同じ道のりを、彼は八十二年前に船で辿っていた。日記は一九二六年六月三日から始まっている。「旅に出る前の六月三日、聖体の祝日なので、オンダロアの教会で聖体拝領をして、実り多いよい旅になりますようにと神様にお願いした」。これが冒頭の一文だった。

　彼はその最初の日を家族とサンセバスティアンで過ごし、母親と弟のファン・ルイスに別れを告げてから、アンダーユ行きの列車に乗った。本当はファン・ルイスも一緒に行くはずだったのだが、リカルドのようによい成績がとれなかったのだ。リカルドはもちろん、全教科で優をもらっていた。

　アンダーユで、建築家とその息子はウナムーノを訪問した。そのときのことを、リカルド少年は次のように書いている。

「お父さんがミゲル・ゲ・ウナムーノという人と話をした。彼は王様と独裁者プリモ・デ・リベラのことを悪く言ったせいで、国外追放になっている」

これだけだ。どうやら少年は、あのウナムーノが誰なのかよくわかっていなかったらしい。偉大な人物だから、ウナムーノのことを日記に書いておきなさい、と父親に言われたのだろう。

リカルドがきちんと書き留めているように、文学者のミゲル・デ・ウナムーノは国外追放の身で、スペイン-フランス国境の町アンダーユにいた。『小説はいかにしてつくられるか』と題された小説が書かれたのは、その当時のことだ。その本のある箇所で、彼は国境の南側からの来訪者たちについて語っている。友人たちは彼を訪ねてくると、独裁体制はいつまで続くだろうかと質問する。ウナムーノの返事はこうだった。「いつまで続くかですと？　あなた方が望むかぎりです」

アンダーユへ発つ前に、リカルド少年は弟のファン・ルイスと両親とともにサンセバスティアンのイゲルド公園に立ち寄っている。そこで一家は、アトーチャの鉄道駅でお別れをするまで楽しいひとときを過ごしたのだ。リカルドはとても悲しくなった、と日記には書いてある。

僕が子供の頃も、父が海から戻ってくるとイゲルド公園によく行ったものだった。あるとき、僕らは小さなボートに乗り込んで、父が漕ぎ方を教えようとしていた。すると、その近くにいた男性が父に近づいて言った。「ひょっとして、ホセ・ウリベじゃないか？」

父はその人にまったく見覚えがなかったので唖然とした。「声でわかったんだよ」と彼は言った。「私も漁船の船長をしていてね、海上の無線で声に聞き覚えがあったもんだから」。漁船では、無線をつけて他の船長たちの話を盗み聞きし、どこで魚が獲れたか情報を集めるということがよく行なわれていたのだった。

僕はまたリカルドの日記を読み始めた。

六月四日

今パリにいる。ナポレオンの墓を見た。大戦の全景が見渡せる展示はすごく見応えがあった。それから他にもいろんなものを見てから、お父さんとエッフェル塔の三階に上った。そこからの景色はすごくきれいだけど、下を見ると怖かった。塔のてっぺんから紙飛行機を飛ばした。

ガラス窓の向こうにまた目をやった。スーツケースがいくつものカートに載って運ばれてくる。それから、ベルトコンベアーで飛行機のなかへと運び込まれていく。何百とあるなかから、自分のスーツケースを探してみる。不可能だ。

搭乗のアナウンスが始まった。まずは前列の人たちが乗り込むことになっている。僕の座席は49Cだから、少し待っていなければならないだろう。

六月六日
シェルブールで大西洋横断定期船に乗った。このアキタニア号はまるで一つの町みたいで、マドリードのパレス・ホテルよりもずっと大きい。乗組員と使用人たちだけで一千人もいる。目を見張るような立派なサロンがいくつも、それに長い遊歩道がついたバルコニーがある。あんまり長いので、端から端まで走っていったら疲れてしまうくらいだ。たいていは音楽がかかっているか、オーケストラが演奏している。水泳用のプールや、いろんな運動のできる体操室もあって、甲板ではみんなゲームをしている。簡単で楽しいゲームばかりで、オンダロアに戻ったらぜひやってみなくちゃいけない。

　後方の座席の番がやってきた。列を作って待ってから、飛行機のなかに入った。フライト・アテンダントが挨拶をしてくれる。こんばんは（グーテン・アーベント）。機体は新品のように真新しい。エアバスＡ３４０－６００だ。座席数は三百以上あり、列の間隔が広くなっているのがわかる。洗面所の位置が普通の飛行機とは違うのに気がついた。機体の中央部に小さな階段があり、そこから下の階へ降りるようになっているのだ。洗面所はそこにあった。自分の座席に着いた。49C。通路側だった。バスティダ少年の手帳を取り出してから、バッグを荷物棚にしまった。そして座って読み始めた。

六月七日

時間について。シェルブールで乗船したとき、天文時に合わせて時計の針を一時間遅らせたけど、それからも毎晩、時計を五十分遅らせないといけない。そうすると、道中は六晩過ごすから、ニューヨークに着いたときには六掛ける五十で三百分遅らせたことになり、つまり時差は五時間だ。

船の映画館のこと。午後五時に船のサロンで映画を観た。すごく退屈な映画だったけど、アメリカ人たちは子供みたいにはしゃいで笑っていた。

バスティダ少年が数学の成績で優を取っていたのは明白だ。その彼がどんなことを手帳に書き留めていたかを見ると面白い。たとえば、時差のこと。その年齢で、そうした科学的な問題に興味をもっていたのだ。十四歳の少年にとって、世界は広大で未知のものに溢れている。大西洋横断定期船での日々の出来事を、彼は知的なまなざしで観察していた。あらゆる細部が書き込まれている。救助ボートは木製なので、木を膨張させて隙間をなくすために毎日水がかけられ、もしもの場合に沈んでしまわないようになっていること。乗客の女性たちが、髪を短く切り、眼鏡をかけていること。一緒にシカゴの聖体大会へ行く人々について。「ライパー神父は、オーストリアの閣僚評議会の議長を務めていた人だ。一日中読書をしていて、襲撃されたときの銃弾が胸に残っている」

バスティダ少年は、シェルブールとニューヨークの時差は五時間だと書いている。今日では六時間だ。彼らには六日かかったことが、僕らの場合は七時間半で済んでしまう。前の座席の背後にある小さな画面に、フライト情報が表示されている。

目的地までの飛行距離（ディスタンス・トゥ・デスティネーション）――三八〇〇マイル
目的地までの飛行時間（タイム・トゥ・デスティネーション）――七・三〇時間
現地時刻（ローカル・タイム）――午後十一時四二分
飛行速度（グランド・スピード）――時速〇マイル
飛行高度（アルティテュード）――〇フィート
外　気　温　度（アウトサイド・エア・テンプラチャー）――華氏五九度

座席が埋まっていく。通路の反対側に、太った男性が腰を下ろした。前の座席には若者のグループがいた。着ているTシャツから判断すると、北欧の人たちだろう。その三人のTシャツには〈ノース・シー・ジャズ・フェスティバル　ロッテルダム〉と書かれていた。ミュージシャンなのかもしれない。

六月八日
二等と三等の客室を見せてもらった。部屋はよかったけれど、変な匂いがして、すごくうるさかった。
今日は、この蒸気船を追いかけてくるイルカたちを見た。それに大きなツバメみたいな鳥も。
陸地からの距離は千五百マイルぐらいになるだろう。

それは何の鳥だったのだろう、と僕は考え始めた。鵜(ウバロイ)かもしれない。
鵜はとても変わった海鳥だ。冬になるとカンタブリア海の断崖にやってくる。真っ黒な羽毛をしているので、ウミガラスとも呼ばれる。長い首をもつことで知られている。漁師たちによると、この鳥は実のところ、何年も前からバスク地方の海岸に姿を見せなくなっている。どうやら、カンタブリア海の汚染が原因らしい。

鵜はアイルランドとスコットランドに生息し、冬の寒さとともに僕らのところまでやってくる。保護対象に指定されていて、バスク沿岸部にいるつがいの数は、多くとも七十に満たないだろう。鵜のつがいの相手は一羽に決まっていて、しかもその相手とは一生添い遂げる。

僕は以前、オンダロアでは鵜を何と呼ぶのか知らなかった。ネレアは「サキリュ」だと、少なくとも地元の子供たちはそう呼んでいると言っていた。鵜は海中に長く潜っていることができるので、子供たちは鵜が水中に姿を消すと、いつ海面に出てくるか当てる遊びをする。そして鳥が出てくると、「サキリュ！　サキリュ！」と叫ぶのだ、と彼女は言っていた。

けれども僕は、それは別の種のことではないかと疑っていた。妻と僕の意見は一致しなかった。結局、僕は疑念を晴らすべく、エネコ・バルティア著『ビスカイアの漁師の語彙辞典（ビスカイコ・アランツアレエン・イステギア）』を見ることにした。

サキリョ-サキリュ（O-b）　サキリュク（O-b）
語義——（名）ファラクロコラクス・アリストテリス［ヨーロッパヒメウ］。（西語）コルモラン
回答——O-b：水際をよく飛んでいる（ウレルツエアン・ホアテン・デイラ・エガン）

またしても、ネレアは正しかった。鵜（ウバロイ）は「サキリュ」と呼ばれるのだ。
ところが、この話にはまだ続きがあった。（O-b）という略語は何を意味するのだろうか、と
ふと疑問に思ったのだ。辞典の略語一覧を見てみた。

O-b = Ondarroa, Boni Laka

これを読んで僕は愕然とし、そして悲しくなった。ボニ・ラカというのは僕の伯父だった。ボニ伯父さん。著者のバルティアに、鵜は「サキリュ」というのだと教えたのは彼だったのだ。

そして、僕はそのことに気づきもしなかった。


二〇〇六年春、僕はビルバオでエネコ・バルティアと出会った。僕が「アギーレの薔薇」という題で行なったある講演でのことだ。講演が終わってから、彼は僕にCDを一枚くれた。

「辞典をつくるために君の叔父さんにインタビューしたときの録音です」

CDの表面には「ボニ・ラカ・イトゥリサ、一九九七年一月三十一日」と書かれていた。ボニ伯父さんは、母の姉であるアネの夫だった。生涯、近海漁業の船長をしていた。ビスカルギ号というのが彼の船の名前だった。赤、緑、白のバスク色に塗られたあの船のことはよく憶えている。

その色遣いが禁じられていた時期にも、伯父は船をそうやって塗りたがった。フランコ派に通報され、塗り直さなければならなくなったとしても。

伯父とビスカルギ号は一心同体だった。伯父が病気になり、床に臥せっていたとき、船も壊れて動かなくなってしまった。鉄製の大きな船舶が、港に繋いであった古い木製のビスカルギ号に衝突したのだ。その損傷を修復することは不可能だった。伯父と船はともに、時を同じくして、海に出ることをやめた。

僕はその録音をすぐには聴かなかった。長年会っていなかった近しい人に再会するときのように、なんだか気後れがしたのだ。数日経ってようやく、CDをiBookに入れて、最初のトラックを再生してみた。僕ははっと息をのんだ。伯父の声は、病床にあった時期のようではなかった。力強く、逞しい人のそれだった。

伯父との最後の思い出のひとつは、このようなものだった。伯父は残り数か月の命だと告げられて、病院から帰宅させられた。家で、僕たちは一緒に、テレビでペロータの試合を観た。皆がテレビのほうを見ていたのに、伯父はそちらを見てはいなかった。試合のあいだずっと、ペロータ選手たちの激しい動きを追いかけようともせず、僕たちのことを見ていた。テレビを見るかわりに、家族を見つめていたのだ。

辞典をつくるために行なうインタビューでは、まず何よりも話し手をリラックスさせることが肝心で、インタビューを受ける人に、自分の声が録音されているということを忘れさせる必要がある。そのため、最初のいくつかの質問は簡単で、答えやすいものであることが多い。たとえば、いつ、どこで生まれたかというような質問だ。

　学者のバルティアが僕の伯父にしたのもそういった質問だった。バルティアは、伯父の生年月日と、初めて漁に出た時期について尋ねた。伯父は、一九二八年九月に生まれたこと、内戦が勃発したときにはまだ八歳だったので、学校に通えなかったことを話した。彼と弟が家族のなかで一番年少で、父親と兄はバスク・ナショナリストだったので村を離れなければならなかった。二人はベルメオでアイタ・グレア号という船に乗って、バスク人兵士（グダリ）たちのために漁をしていたらしい。内戦が終わってオンダロアへ戻ってくると、裁判にかけられて追放の身になり、父親は長年パサヘスの引き網漁船で働いた。

　録音が進むにしたがって、伯父が生前よく口にしていた言葉が聞こえてきた。「昔は海が魚でいっぱいだったのに、今じゃ水ばかりだ」。それは疑いようもなく、漁業の衰退を表わす言葉だった。技術は進歩したが、乱獲のために魚がいなくなってしまったのだ。伯父によれば、かつて漁をするには目が頼りだった。水面を見れば、泡や光の具合で魚がどこにいるのかわかった。その後、機械の時代がやってきた。

　辞書はどうやってつくられるのだろう。僕は幾度となく疑問に思ってきた。録音を聴くと、その方法が手に取るようにわかった。バルティアがある単語を、たいていはスペイン語で口にする。すると、伯父がそれをオンダロアのバスク語に置き換える。たとえば、「風下（ソタベント）」とバルティアが訊けば、伯父は「アイシェベカルディ」と答え、質問が「風上（バルロベント）」なら、「アイシェカルディ」というふうに。

　伯父はそのCDで、僕が一度も聞いたことのない数多くの言葉を口にしていた。それらは、「サキリュ」と同じように、失われた語彙の数々だった。

　しかし、辞書をつくる作業はそれだけではなかった。バルティアは、単語を訳してもらったあと、訳されたその単語の前に「三（イル）」をつけさせている。たとえば、「帆（ベラ）」は何と言うかと尋ねると、伯父は「ベリ」と答える。

「その前に三をつけると？」

「イル・ベラ」

　このようにして、無数の単語が確認されていく。そしてバルティアが、「北風（ビエント・ノルテ）」を訳してください、と言ったとき、伯父は「アイセ・フランク」と答える。しかしその後、厄介なことが起きる。「それに三をつけるとどうなりますか？」とバルティアが機械的に尋ねると、伯父はこんなことを言い出すのだ。「北風（イル・アイセ・フランコ）が三つだなんて言えるわけがないだろう、風は一つきりだよ！」

ＣＤには、二人の笑い声が記録されている。

「いったいどういうわけで、三、三、とばかり言うのかね？」と伯父が続けて訊く。

「ええ、奇妙に思えるのはわかっています。でも、単語の冠詞がつかない形を知るためなんですよ。バスク語では、単語はつねに冠詞の〝—a〟で終わります。でも語根を知りたいときには、三（イル）を前につけてもらえばいいんです」。バルティアは理由を説明しようとするのだが、うまくいかない。「ああ、そうかい」と、伯父はあまり納得していない様子で答える。

「蛸（プルポ）」を訳してください、と言われたとき、伯父は「オラガル」と答えるが、すぐにバルティアに向かって言う。「でもベルメオでは、お前さん、ベルメオでは蛸（オラガル）のことを何て言うか知っているかい？」「アマラツァ」とバルティアが答える。「そのとおり、十本足（アマラツァ）だ。蛸の足は八本なんだがね」

「ベルメオでは、言葉がずいぶん違う」と伯父は話を続けている。「あそこの人間は鮪鳥（アトウン・チョイシャク）と言うが、わしらはそうは言わない。わしらはその鮪鳥とやらを、魚狗（マルティナク）と言うんだ。ソース煮にするととても美味い。わしらも、こうやってインタビューをするんじゃなく、魚狗を食べていられたらよかっただろうに」

魚狗（カワセミ）。よく考えてみると、バスティダ少年が陸から千五百マイルのところで見たという鳥は、鵜ではなく魚狗だったのかもしれない。魚狗は、陸からもっとも離れて飛ぶ鳥だからだ。

9　トビウオのように

伯父のことを思い出していたら、バスティダ少年の日記から気が逸れてしまった。文章は目で追っていたはずなのに、何を読んだか憶えていない。少し戻って読み直さなくては。

六月十日
この蒸気船の船長は、見るからに感じのいい人だ。ものすごい大男。でっぷりと太っていて、髭はなく、髪は白くなっている。それから、エレベーター係をしている人は船の楽団員でもあって、彼だけで、他の楽団員全員を合わせたよりもたくさんの楽器を演奏することができる。太鼓、ライド・シンバル、クラッシュ・シンバル、トライアングル、カスタネットなどなど。一度に四つもの楽器を操るのだ。おまけにアフリカ戦争にいたこともあって、そこでできた傷跡を見せてくれたし、勲章だっていくつももっている。彼は最高だ。

機長がドイツ語と英語で乗客に挨拶をし、まもなく離陸することを告げた。それを聞きながら、僕は彼のことを、バスティダの日記に出てくる船長のように、でっぷりと太っていて、口髭も顎髭もない白髪の男性だと想像していた。なぜだろう。それからまた僕は上の空になり、マヌエル・アイエルディ船長のことを思い出した。マヌエル・アイエルディ船長は、一九六〇年代初頭にオンダロアの漁業専門学校で教師をしていた。それ以前にはそうした学校が存在しなかったので、航海術を学ぶにはレケイティオまで行かなくてはならなかった。

母が父と婚約したあと、ドン・エミリオという司祭は母に向かって、ビトリアの街へ行ってどこかの家の使用人になり、内陸部の若者と、軍人とでも結婚したほうがいい、と言った。町の漁師と結婚すれば、この先つらい思いをするばかりだ、というのだ。「一生、鯵の小魚ばかり食べて暮らすことになりますよ」。そのことを知った父は、けっしてつらい思いはさせない、遠洋漁業の船長の資格を取ってみせるから、と母に約束した。

「近海で漁をしているのに、勉強する時間なんてないでしょう」

「冬、船が港に繋いであるあいだに勉強するさ」

父の仲間内で、学のある友人はほとんどいなかった。そのうちの一人の助けで、他の皆は冬の三か月間勉強に励み、試験を突破していった。レケイティオへの道中にある〈アンツォメンディ〉という林檎酒の酒場（サガルドテギ）へ行き、そこで友達が集まって一緒に勉強した。そうこうするうち、母のところへ父が電話をかけてきて、広場まで降りてきてくれと言った。

「さあ、受け取ってくれ、約束のものだよ。鯵の小魚を食べるのは、君が食べたいと言うときだけだ」

それは、遠洋漁業の船長の免許状だった。


この夏、僕は通りを歩いていて、ある夫婦に呼び止められた。彼らはこう自己紹介した。

「見晴し台のテレ（テレ・ミラドレク）です。昔、町にはテレという名前の人が三人いたので、わたしにはこういう呼び名がついたんですよ」。その呼び名のこと、そしてその高台がどこのことなのか、僕はそれ以上聞こうとしなかった。だが、なんてきれいな呼び名だろう。テレ・ミラドレク。

彼女の夫、トマス・サントスは、僕の父とも祖父のリボリオとも一緒に海に出たことがある、と話してくれた。リボリオは語り聞かせをするのがとても上手で、子供の頃は皆で、北通りの家まで彼の話を聞きに行っていたという。夏至の日に、北通りで聖ヨハネ（サン・ファン）の篝火を子供たちと一緒に準備したのもリボリオだった。祖母のアナについては、子犬を贈ってもらったことがあり、そのことはけっして忘れないだろう、と言った。

そしてトマスは、ある写真をずっと持ち歩いていたのだと打ち明けてくれた。僕に渡したかったのだが、顔を合わせる機会がなかったという。その写真を見せてもらった。一九六〇年代の白黒写真だった。そこには、漁業専門学校の修了生たちが写っていた。中央にアイエルディ船長、そしてその周りに二十七人の生徒がいる。父は二列目にいて、若々しい姿だ。父の両脇には、トマスと父の旧友であるヨン・アカレギの姿が見える。

「わしらが通っていた頃はどれだけの人数がいたことか、見てごらん」とトマスは写真を見せながら言った。「だが、今じゃこの学校で船長になるために勉強する人間は一人もいないのだよ」

海への愛着は急速に失われつつある。父の世代の人々は、十四歳になって漁に出られるのを心待ちにしていた。もっと幼い子供たちは、船に乗り込んで網のなかに隠れていて、船が沖合に出たところを見はからって隠れ場所から出てきたものだった。

だが父は、僕ら子供たちが船乗りになるのを望まなかった。勉強して内陸部で仕事を見つける、それが僕たちのすべきことだった。そうして、四人の兄弟姉妹のうち、今もオンダロアで暮らしているのは僕だけだ。祖父と叔父たちは、父方も母方もほぼ例外なく海の男だった。けれども、従兄弟たちのなかで海を選んだのは、イニャキ一人だった。

イニャキは、たいていの漁師がそうであるように無口な人で、九月の海の青さを思わせる穏やかな目をしている。めったに口を開かないが、そのときには口から真珠がこぼれ落ちてくる。

二〇〇二年、石油タンカーのプレステージ号の事故が起きたときもそうだった。ラトビアからジブラルタル海峡へ向かっていた船舶がガリシア沖で沈没し、六万三千トンの原油が海に流出した。汚染はたちまち、カンタブリア海全体に広がった。

漁師たちは、原油が海岸まで届く前に、沖合で回収するのが最善策だと考え、近海漁船に乗って出港していった。まるでカツオを獲るように、舷側からタールの固まりを一つひとつ、手で回収していった。しかし、タールの固まりとカツオとでは大きな違いがあった。

「タールの臭いは何日経っても取れなかった。あれほどの悪臭はこの世に二つとないだろう。海は、まるで重篤の病人みたいだった」。従兄は家に帰ってきてそう語った。

「乗組員にアルバロというペルー人がいて、子供の頃に故郷で体験したことを話してくれた。当時は山間の小屋に住んでいて、羊を何頭か飼っていたそうだ。ある嵐の夜、羊の鳴き声で目を覚ました。その羊は妊娠していたんだが、子供がどうしても生まれてこなかったんだ。外に出ていたのは子羊の足だけで、つかえてしまってどうにもならない。アルバロの父親は、足を引っ張って子羊を出してやった。死産だった。それでどういうことかというと、タールがアルバロに、そのときのひどい臭いを思い出させたんだよ」

海に立ちこめる死んだ子羊の臭い。その子羊の話は興味深かった。というのも僕らが幼い頃、風が波を泡立てて海がところどころ白く見えるときに、それは「海の羊たち」だと教わったものだったから。

バスティダ親子がニューヨークに到着したときの海は穏やかで、羊たちはいなかった。

六月十一日

ニューヨークへ入っていくときは背筋がぞくぞくした。晴れ渡った日に、大小さまざまな船のあいだを進んでいったのだ。そのなかには、ハドソン川上流へ旅行客を運んでいく船もあれば、列車を載せたはしけ、軍艦なんかもあった。

下船してからホテルへ向かった。マカルピン・ホテルは世界で二番目に大きなホテルで、二十六階建て、建築費用は一千三百万ドル。部屋には毎日、スペイン語で書かれた「ラ・プレンサ」という新聞を届けてくれる。白と黒の糸を通した縫い針に待ち針、ボタン、ボタン付け糸、靴べら、電話がある。でも室内用便器がなくて、バスルームのトイレで用を足している。

マカルピン・ホテルは今日では存在しない。かつてはニューヨークでもっとも豪奢なホテルだった。しかし、八〇年代に衰退が始まった。市役所がホームレスを収容するために部屋を借り上げた時期もあった。今はアパートメントになっている。

ニューヨーク滞在中、バスティダ少年は世界一高い建物、ウールワース・ビルの五十八階まで上ったと書いている。当時はまだ、あの有名なエンパイア・ステート・ビルも建っていなかった。

だがいずれにせよ、ニューヨークでは超高層ビルのブームが始まっていた。ウールワースの壮麗な建築はその一例だ。一九一一年に建てられたそれは、ニューヨーク最初の摩天楼だった。

バスティダ親子はニューヨークで、ブルックリン橋を徒歩で渡った。そしてナイアガラの滝と、ワシントンの国会議事堂を見た。最終目的地は、会議が行なわれるシカゴだった。その道中で、世界最大といわれるアーマー精肉会社の屠畜場を視察した。「すさまじいことに、三千頭の牛、二万四千頭の羊、四万八千頭の豚が毎日処分されている。しかも、豚を屠畜する人はたった一人で、斧を使ってするのだ」

デトロイトでは、フォードの工場を訪問した。

六月十八日

今朝、フォードの工場を視察して、ものすごく気に入った。工場はどれも巨大で、僕らが見た場所では六万五千人が働いているそうだ。女性の労働者は一人も見かけなかったけれど、そのかわり年配の人がたくさんいて、単純作業をしていた。工場のなかには、労働者のために飲み物やお菓子を置いたスタンドがあって、洗面所の上には、すぐそこで髪を洗えるようにシャワーが取り付けられている。そこは完全に仕事の世界で、あらゆるものがしっかりと整頓されていて、労働者はそれぞれ一つの作業だけを素早くこなしていく。だからフォードの車はあんなに安いのだ。
ホテルでも他のどこでも、エレベーターに乗っている人たちは女性がいると必ず帽子を取るけれど、今日は女の人が乗ってきたのに、全員が帽子をかぶったままだった。彼女が黒人だったからだ。僕とお父さんは帽子を取ったけど、他にそうした人は誰もいなかった。

女性が近づいてきて、窓際の席は自分のだと言った。六十歳ぐらいのアフリカ系アメリカ人だ。僕は一時、隣のその座席は空いていて、一人旅になるのだろうと思っていた。どうやら違ったみたいだ。その女性を通すため、自分の席から立ち上がって通路に出た。彼女を見て微笑んだ。彼女も微笑み返してくれた。

機体の扉が閉まった。飛行機が動き始める。フライト・アテンダントが、乗客のベルトが締まっているかどうか確認して回る。座席の前にある小さな画面では、安全対策の説明をしている。救命胴衣はどこにあるか、などなど。そしてすぐに、機体の外部カメラの映像が映し出される。滑走路までどうやって進んでいくのかが手に取るようにわかる。滑走路の端で飛行機が停止する。明かりが消えた。フライト・アテンダントは専用の席についている。巨大な飛行機が加速を始める。カメラは滑走路に焦点を合わせる。速度が急激に増していくのを肌で感じる。そして機体が宙に浮く。雲。カメラの映像が消える。

飛行機が離陸する瞬間、僕は身近な人々のことを思い浮かべる。子供じみたことだとわかってはいるけれど、心の底から不安になるのだ。そして、自分に自信が持てなくなる。

僕は彼らのことを、充分に思いやってきただろうか？

四年ほど前、ビトリアに住んでいた頃、悲惨な場面を目撃したことがある。土曜の夜のことで、僕はすでにお酒が入っていた。次のバーに向かおうとしていたとき、路上駐車された車のあいだに一組のカップルが見えた。辺りはかなり暗かったので、僕は最初気づきもしなかった。しかし、女性の叫び声がして、僕ははっと身構えた。二人は喧嘩の最中だった。男のほうは僕を見るなり、彼女から家の鍵を奪い取って逃げていった。

「お前は戻ってくる」と彼は脅すように言い捨てた。「戻ってくるさ」

僕は、女性が大丈夫かどうか確かめようと近寄った。彼女は少し落ち着くと、あれは夫なの、と言った。別れ話をしていたのよ、と。

僕は思わず視線を逸らしてしまった。その女性の瞳は潤んでいた。僕は視線を落として、そのときになって初めて彼女が裸足なのに気がついた。夫は靴までも奪っていってしまったのだ。アスファルトの上に置かれていた、彼女のあの小さな足のことは忘れられない。まるで死刑囚のように、交通事故に遭った人のように、彼女は裸足だった。

「お前は戻ってくる」と男は叫んだが、靴もなしに、裸足で、どうやって戻ることができるというのだろう。

その夜、僕は、自分を愛してくれる人たちにたいして誠実だっただろうか、と自問した。気づかぬうちに、僕の人生が下り坂へ向かってはいないだろうか、と。

明かりがついた。ベルト着用のサインが消えた。飛行機は外洋を目指し、大西洋を横断しようとしている。日記はあと数頁で読み終わるところだった。

六月三十日から七月六日

トビウオをたくさん見た。イワシよりも少し大きいくらいだ。ときどき、一匹が水面から飛び出して、飛んだかと思うとまた水中に潜っていく。またあるときは、群れになって出てきて、飛んでからみんな同時に潜っていく。飛行距離はふつう百メートル足らずで、ほとんどいつもまっすぐに、ときにはカーブを描いて飛ぶ。船の左側からはクジラも一頭見えた。水面に出ていた部分は、十メートルか十二メートルはあっただろう。

ヨーロッパに近づくにつれて、蒸気船をたくさん見かけるようになった。大西洋横断定期船を二隻追い越した。一隻はものすごく大きかった。

バスティダ少年の日記はこうして終わっている。夕暮れ時の赤い太陽が、座席横の窓から見える。きらめく飛行機の翼は、まるでトビウオのようだ。

10　ダブリン

目的地までの距離――三一六九マイル
目的地までの時間――六・〇六時間
現地時間――午後一時〇八分
飛行速度――時速五四四マイル
飛行高度――三五〇〇〇フィート
外気温度――華氏マイナス七二度
セントキルダ、ロンドンデリー、ドニゴール

「つかぬことを聞きますが、何を読んでいらっしゃるの?」思いがけず、隣の女性が僕に尋ね

た。

「日記です」

「古いもののようね」

「そう、一九二六年に十四歳の男の子が書いたものなんです」

「あなたのおじいさん？」

「いいえ、当時のある建築家の息子ですよ。その子は父親と一緒に、ヨーロッパからアメリカへ旅行したんですが、その道中につけていた日記です」

「あらまあ。それで、どうしてあなたが持っていらっしゃるの？」

「僕は作家で、小説を書くために資料を集めているので」

「作家ですって？　まあ、私は本に囲まれて仕事をしているのよ。ニューヨークの公立図書館で働いているの。ごめんなさい、自己紹介がまだだったわね。レナータ・トマスといいます。というか、レナータ・ヴァイオレット・トマスね。ヴァイオレットというのは祖母にちなんでつけられたの。サウスカロライナで一番の美女だった人」

「キルメン・ウリベです。どうぞよろしく」

「そのお名前は、何語なのかしら？」

「バスク語です」

「本当に？　バスク語を聞いたのは初めてだわ。面白いわね……。ニューヨークへは何をしに？」

「ニューヨーク大学で教えているマーク・ルッドマンという友達がいるんです。彼が詩の授業をもっていて、講演に呼ばれました」

「詩について講演なさるの？　私、詩には疎いものだから……」

「詩の話だけじゃありませんよ。『カスムの墓碑』というタイトルにしたんです。カスムは知っていますか？」

彼女は首を横に振った。

「カスムはエストニアの小さな村で、バルト海のほとりにあります。ヨーロッパの七つの言語の書き手が、僕も含めてその村に集まったことがあって、そこから思いついたんです……。それで、あなたはどうしてヨーロッパにやってきたんですか？」

「父のためなの。第二次世界大戦中、イタリアで従軍していてね。父がいた場所に行ってみたいとずっと思っていたの。妹と一緒に小さい頃からいつも名前を聞かされていた、あのいろんな場所に行ってみたくて。チェルトーザの記念墓地に行ったわ。フィレンツェから十キロのところにあるのだけど、四千五百人のアメリカ人兵士が埋葬されているの。壮観だったわ」

「僕の祖母はよくイタリア人兵士の話をしていました。スペイン内戦中、うちの町は六か月ものあいだ前線にあったんです。男たちは怖れをなして、ビルバオのほうへ船で逃げていきました。祖母はひとりきりになった。そこへイタリア軍がやってきて、地元の女たちを追い回したんです」

「あなたのおばあさんのことも？」

「そうできた人たちはね。祖母はすごく気丈な人だったので、窓から斧を振り回してみせたんです」

「あなたのおばあさん、気に入ったわ」

「でも、つらい目に遭った人たちもいました。そのことを歌った曲があります。聞かせてあげましょうか？　僕はあまり歌が上手くないけど、こういうものです」

トゥルビク・ダウケ　トゥルビク・ダウケ
ウメ・チキ・チキ・チキシェ
エタ・バルチュ・バルチャ　エタ・バルチュ・バルチャ
イタリアノ・チキシェ

（トゥルビには、トゥルビには

ちっちゃな、ちっちゃな子供がいるよ
真っ黒々の、真っ黒々の
イタリア人の赤ん坊〉

「その女性はどんなにつらかったことか」
「ええ。小さな町のことですから」

ログローニョの神学校で壁画を制作していた頃、アルテタはバスティダにデッサン画を贈っている。彼はのちに壁画に描くものを、まずは紙に小さく試し描きした。そうしたデッサン画の多くをバスティダは取っておいた。

バスティダはそうしたアルテタの絵を、社会党の政治家だったインダレシオ・プリエト宛てに送ることがよくあった。それらはきまって聖母マリアを描いたもので、つまり宗教画だった。プリエトが不可知論者で、そういった事柄を信じていないことは知っていたのだが、だからこそ彼のために送ったのだった。「アルテタの作品が大好きな君のことだから、この絵を受け取ったらさぞかし喜んでくれることだろうね」。手紙はこんないたずらめいた調子で書かれていた。

これは、一方は王党派、他方は社会主義者であった二人のあいだのジョークだった。プリエトは、バスティダが生涯あきらめることなく、自分をカトリックに改宗させようとする努力を続けたことを微笑ましく思っていた。バスティダの気持ちには心から感謝していたし、何よりも建築家としての彼を尊敬していたのだ。「私たちを結びつけていたのは、イデオロギー的な近さでは断じてなかった。彼は熱心なカトリック信者、私はといえば頑なな無神論者である。バスティダは何年のあいだ、私に彼の信仰を受け入れさせようと苦心してきたことであろう? 一九一六年に、ビルバオの建築家だった彼と市議会議員だった私が付き合いを始めて以来、三十年以上である。私は、信仰について教えを説く彼の粘り強い努力を不快に感じたことはなく、いつもそのことを感謝してきた。彼はあれほど心優しい人だったのだから!」とプリエトは回想録に綴っている。

一九一七年にスペイン全土に拡大したゼネストの影響で、プリエトが最初に亡命したとき、彼にオンダロアのある漁師と連絡を取らせたのは、どうやらリカルド・バスティダであったらしい。その漁師は、プリエトをビルバオから脱出させ、フランス側のサン・ジャン・ド・リュズまで連れていく手はずになっていた。

ところが、武勇譚となってしかるべきだったこの出来事は、のちに笑い草となった。ビルバオから脱出したことはしたのだが、ずいぶん時間がかかったのだ。一度目に待ち合わせたとき、漁師は現われもしなかった。二度目にはちゃんとやってきたが、プリエトが回想録で述べているところによれば、遅刻だった。

プリエトの救世主となるはずの漁師、セバスティアン・バケリサは、小さなモーターボートに乗ってビルバオにやってきた。助手として乗っていたのは彼の父親、年老いた漁師がひとりきりだった。バケリサの父親はバスク語しか話せず、バケリサ自身のスペイン語もかなり怪しいものだった。プリエトはというと、バスク語はひと言もわからなかった。

漁師二人はプリエトを船倉に隠し、彼は網に囲まれて長い時間ずっとそこにいた。疲れ切って、背中が痛んで仕方なかったので、プリエトは船倉の揚げ戸を開けて、顔を覗かせてみた。遠くに灯台の明かりが見えた。船を出してから何時間も経っていたので、あれはマチチャコ岬の灯台かね、と漁師たちに尋ねた。するとセバスティアンは、いいえ、あれはガレア岬です、と答えた。

「ガレア岬だって？　まだビルバオの河口から出てもいないじゃないか！」

船がエンストを起こし、ネルビオン川の河口から出られなくなってしまったのだ。だが一番困ったのは、ずっとそうしているわけにはいかないということだった。ともかく何としてでも陸地にたどり着き、脱出はまた別の日にやり直さなくてはならなかった。

ビルバオに戻るべきではないか、とプリエトはバケリサ親子に言った。ところがセバスティアンは、ビルバオの港には行ったことがないので、どうやって入ったものやらわからないと言う。そこで、プリエト自身の案内で船は市内のマサレド地区まで辿り着き、日刊紙「エル・リベラル」の本社の真正面で彼を降ろした。プリエトはうんと用心して船から飛び降りなければならなかった。というのも、その新聞社は警察署の隣にあったからだ。

結局、プリエトは貨物船に乗ってサン・ジャン・ド・リュズへと逃れることができた。だが、あの四時間の冒険のおかげで、バケリサとはすっかり仲良しになった。

あまりに仲良くなったので、それから数年経ってプリエトが都市計画大臣に任命されたとき、バケリサはオンダロアの町長と一緒に、マドリードまで彼を訪ねていった。オンダロア港の埠頭が危険な状態だったので、新大臣にその改修工事を嘆願しようと思ったのだ。

バケリサと町長は都市計画省に到着すると、プリエトに会いたいと守衛に告げた。しかし、二人の身なりを見た守衛たちは、彼らの言い分を信じず、中に入れなかった。バケリサは、プリエトに会うまでそこを動かない、と言い張った。大臣は親友なのだ、と。守衛たちは立ち去るよう命じたが、バケリサは聞こうともしない。大声での言い争いになった。すると、プリエトが執務室から出てきて、この騒ぎは何事かと尋ねた。彼はただちにバケリサの姿を認めた。そして町長ともども執務室に招き入れると、呆然としている部下たちに向かってこう言った。「昔なじみの友達でね」

バケリサの訪問からまもなく、一九三二年には新しい港の工事計画が承認された。そのときは、バケリサも近道を見つけることができたというわけだった。

インターネットでプリエトに関する情報を探していて、グーグル検索で〈Prieto ＋ Ondarroa〉と入力してみると、いくつかのページのリンクが出てきた。八番目は〈Buceo 21〉というタイトルのホームページだった。そこで、僕はマンシシドルという潜水士についての記事を見つけた。

フアン・ホセ・マンシシドルは一八七二年にムトリクで生まれ、オンダロアに住み着いた。ダイバーとしては先駆的だった。やがて、この潜水士の評判はカンタブリア海の沿岸部一帯に広まった。そしてあるとき、スペイン国王アルフォンソ十三世のヨットがサンセバスティアン沖で動けなくなってしまい、彼は船の救出に呼ばれた。ヒラルダ号と名付けられたそのボートは、スクリューにブイの鎖が絡まって身動きが取れなくなってしまっていた。絡まり具合を見て、マンシシドルはダイナマイトを使ってもいいかと尋ねた。船長は、もちろん、必要ならぜひともやってくれ、と言った。それで話は決まった。

船が自由になると、船長はいくら支払えばよいかと潜水士に尋ねた。「とんでもない、これしきのことでお金なんて要りません」というのがマンシシドルの返事だった。金銭は受け取ろうとしないと知った国王は、他にどうすれば恩に報いることができるのか、と訊いた。

「コンチャ湾の底から、好きなものを引き揚げさせてください」とマンシシドルは即答した。こうして彼は、水底から錨、古いトランク、硬貨、その他さまざまな道具を拾ってきたのだった。

インダレシオ・プリエトは、オンダロアの新しい港の工事計画を実現させた。そして着工したのだが、その様子を見たマンシシドルは、工事は何年もかけずとも、防水堰を造って湾の水を抜けば、もっと早く、しかもはるかに安くできるはずだと言った。彼は何といっても港の水底を知り尽くしていた。

大臣は彼の意見に耳を傾けた。湾全体の水を抜き、底を乾かしてから、あたかも陸地で作業するように新たな埠頭を建設したのだ。

グーグルで見つけた記事によれば、マンシシドルはオンダロアで亡くなっている。一九三七年、工事用のクレーンを設置している最中のことであったという。

「私が誰かわかる?」とある女性が、僕の頬を両手で包んで尋ねた。地元のレストランで食事をしていて、僕は手洗いに立ったところだった。二〇〇八年、今年の夏のことだ。カウンターの横を通り抜けようとしたら、彼女が近づいてきたのだ。彼女の目は潤んで、生き生きと輝いていた。「アンティグア・ピペラよ。ミエルの妻です。お母さんから、あなたが本を書くための取材で私に会いたがっていると聞きました。あなたのお父さんとうちの夫は、ロッコール島に行った最初の人たちなの。家にはいつでもいらっしゃい、そのときにお話ししましょう」。彼女はずっと僕の手を握っていた。アンティグアという名は、僕の母と同じだった。

「私がミエルの妻ですよ」と言って彼女は立ち去った。「私がミエルの妻です（ニ・ナイス・ミエレン・アンドレア）」と二度言い残して。

あの未亡人が、自分は誰の妻であるか、あれほどまでに誇り高く話していたことに、僕は心を動かされた。夫が死んでからすでに長い年月が経つというのに、彼女は今もミエルの妻であり、そのことを誇りに思っていた。

ミエル・ガリャステギは長年、トキ・アルギア号の機関士をしていた。僕の父は船長だったので、幾度となくミエルに助言を求めたものだった。どのルートを行くべきか、どこに網を仕掛けるべきか。

船では、船長と機関士はとても密接な関係にある。そうでなければならないのだ。かつて、船には大工が乗り込んでいた。帆船の時代には、大工は乗組員として欠かせない存在だったのだ。故障が起きたり、帆柱が曲がったりしたとき、大工がいなければ船は沈んでしまう。だから、帆船には大工が三、四人いるのが普通だった。そして、船長と大工頭のあいだではいつも言い争いが起こった。船長は、速度を上げて、帆柱の強度を試そうとする。一方の大工は、船が損傷なく港へ戻れるように、船を大事にして、ゆっくり走らせたいと思う。僕はよく、そうした言い争いはあらゆる人の頭のなかで起きていることだ、と思うことがある。僕らの内には、リスクを冒そうとする船長と、それよりも自分の身を守り、慎重に物事を進めたいと思う大工がいるのだ、と。

その後、機関士が大工に取って代わった。そしてあの言い争いは、今日もまったく同じように続いている。機関士は、オーバーヒートしないように、機械に無理をさせたくないと思う。船長は、エンジンを全開にし、全速力で船を走らせたがるのだ。

ミエルは絵を描くのが趣味だった。彼はあるとき、僕の父に、トキ・アルギア号がイギリス軍に捕獲され、ストーノウェイの港で逮捕された事件を絵に描いてプレゼントする、と約束した。

一九九八年にようやく、ミエルは父に絵を贈った。《トキ・アルギア号の拿捕》という題名だった。絵の主題は、船そのものだ。それは黒い引き網漁船で、煙突には〈ララウリ兄弟（エルマーノス）〉という会社の赤と黒の旗を掲げている。漁船の横には沿岸警備艇がいる。ジュラ号という名前だ。戦艦からゴムボートが一隻、トキ・アルギア号のほうへ向かっている。そのあいだ、漁船は網いっぱいの魚を舷側に引き揚げているところだ。

「あれは見事な逮捕劇だったね」とミエルは、父にその絵をくれるときに言った。絵の下部には日付が書き込まれている。一九八二年五月二十二日、ロッコール島。それが、船が拿捕された日だった。

11　カスムの墓碑

カッコーの鳴き声を最後に聞いたのはあそこだった。その後は耳にしていない。

二〇〇四年五月、エストニアの森でのことだった。僕らは作家たちの一行で山を散策し、そこで、あの暗い森の奥で、歌声を聞いたのだ。

僕らはカスムという名の小さな村で、あるセミナーに参加していた。カスムは、バルト海のほとりにあるちっぽけな村だ。本当に小さくて、そこにあるのは家々がほんの十軒ばかり、住民は三百人ほどだ。

山の散策が終わると、僕らは海辺のある建物へ夕食に招かれた。日差しのなかでの夕食になった。というのもそれは五月の終わりのことで、エストニアではその季節、夜が三、四時間しか続かないからだ。

その海辺の家は美しかった。それが村で一番大きな家だったのだろう。木造りの大きな窓があった。扉と窓は白く塗られている。壁は水色。玄関先にはよく手入れされた花壇が、そして砂浜には古いボートの船体があった。

ソ連時代、その建物は沿岸警備隊のものだった。それ以前は海軍士官学校。今では何組かの夫婦がそこで暮らしている。家の一角は、博物館のようにしつらえてあった。かつて海で使われた道具や、航海計器の数々。壁には古い写真が飾られていて、凛々しい制服姿の士官たちが写っていた。

ポートレートに見入っていると、それに気づいた家の主人が「ドイツ人たちですよ」と僕に耳打ちした。「帝政時代、ロシア軍の将校たちはほとんどがドイツ人だったんです」。当時、国の役職の多くはドイツ人で占められていて、科学者たちも大半がドイツからやってきた。「それも革命が起こるまでのことです」と、彼は悲しげな表情で説明した。

革命と将校たちのことについて、彼は村の墓地へ向かう途中で話してくれた。「外の人間は、私たちの国でも社会主義革命が起きたのだと思っています。ですが、実際にはロシアによる占領にほかなりませんでした。すぐそこに見えるあの暗い森には、反体制派が潜伏していました。あの森のなかで何年も生きていた人もいるんですよ。あそこから出られずに」。そして道端から草を摘み取ると、これは食べられるから試してごらんなさい、と言って僕にくれた。

カスムの小さな墓地は、海沿いによく見られるたぐいの墓地のひとつだ。教会は木造で白く塗られ、墓地は木の板でできた柵のなかにある。僕はその墓地にいるとき、滞在中で最大の発見をした。かつて見たことのないものに、その場所で巡り会ったのだ。

海辺の家の主人は、墓碑に刻まれた名前をよく見てください、と言った。多くの場合は、同じ名字をもった二つの名前があった。つまり、墓碑に刻まれていたのは夫婦の名前だった。

僕は手帳にこう書き写した。

HASSO LIIVE (1935-1999)
ILVI LIIVE (1938-　　　)

不思議なのは、夫婦が一緒に埋葬されるということではなかった。僕が驚かされたのは、夫婦のどちらかが死んだとき、もう一人の名前も石に刻まれるということだった。そして残されたほうは、墓参りをするたび毎に、自分の名前が墓碑に刻まれているのを目にすることになる。まだ生きているのに、墓石に名前があるのだ。人々は、自分の人生がどこで、誰の傍らで終わることになるか、すでに定められていることを知っているのだった。

エストニアの人々は、一緒に埋葬された二人は、来世でも一緒になれると信じている。そう教えてくれたのは、元沿岸警備隊の家の主人だった。その家に集まっているあいだ、エストニアの詩人ドリス・カヴェヴァがその墓碑の話で思い出したという古い物語を聞かせてくれた。

彼女の友人の祖母にまつわる話だった。その女性は若い頃、村の青年と恋に落ちた。想いは通じ合っていたが、人生は二人が一緒になることを望まなかった。二人は別々の道を歩んだ。若者は村を出ていき、娘は村に留まった。そうして彼らは別の誰かと知り合い、結婚して子供をもうけた。しかし、二人の心の奥底では、恋の炎がまだ息づいていた。どれほど年月が経とうとも、その想いは消えることがなかった。あるとき、男が村に帰ってきた。小さな村では二人が顔を合わせることも少なくなかったが、またしても彼らの人生は別々の道を歩んだ。一緒になるには遅すぎたのだ。やがて二人のうち、男のほうが死んでしまった。

彼らは、生きているうちに結ばれないのなら、死後の世界で永遠に一緒になろうと約束を交わしていた。そしてようやく、女は男の墓の隣に、自分の墓を作らせることができた。各々は自分の結婚相手と埋葬されるが、二人は手を取り合うことができるほどすぐ傍に、隣り合っていられるはずだった。

ドリスは、これは素晴らしいラブストーリーだと言った。彼女は勇敢だったと思います、最後には愛が勝ったんですね。ともかく、二人は最終的に結ばれることができたんですから、と。

ウェールズ語の詩人メレディッド・パウ・デイディーズの意見は違った。ドリスよりも二十歳若いメレディッドにとって、宿命という考えは受け入れがたいものだった。ましてや、それが社会によって課されたものであればなおさらだった。

その物語は苛酷だ、というのがメレディッドの考えだった。苛酷なのはまず、墓碑に二人の名前が刻まれるということだった。一人の人間と生涯結ばれることを受け入れなければならないからだ。そしてやはり苛酷なのは、その女性の身に降りかかった出来事だった。

「命あるあいだに生き方を変えることはできないの？　別の人生を始めるという選択肢はないのかしら？」

夕食の席で、僕はメレディッドの隣だった。僕らの向かいには、スコットランド人のアラン・ジェイミーソンがいた。アランはシェトランド諸島の出身だが、今はエディンバラに住んでいる。僕はアランに、ロッコール島の辺りで働いていたバスクの漁師たちのこと、そして父がある港の名前をよく口にしていたことを話した。ストーノウェイだ。

「ストーノウェイにはすごくいい作家が何人かいるよ。ケヴィン・マクニールというのがその一人だ。部屋に行けば、彼の少部数の詩集が一冊あったと思う」

夕食の前、詩人たちは詩を一篇ずつ読むことになっていて、僕らはそれぞれ自分の言語で詩を朗読した。最後がドリスだった。

ナイネ・オン・ヴェシ　セルケ
プハス・ヤ・イカヴェネ

メヘト・オン・マイツェアイネト
サヤンティ・スッピ・セース

（女は水だ
透き通った、永遠の水

男は塩胡椒でしかない

今晩のスープのなかの)

夕食後、メレディッドはまた墓碑の話を始め、なぜいつも同じ道を歩まなければならないのかしら、なぜ人は物事を同じやり方でやることしか考えないの、と言った。文学だって同じことよ。わたしたちのちっぽけな文化は、新しく生まれ変わらなければならないの。やり方を変える。時代に合わせる。媒体が変わったのよ、と彼女は言った。今の時代、本ばかりではないでしょう。新しいテクノロジーがそこにあるじゃない。受け手も変わったわ。今や、自分の共同体の人々のためだけに書くわけではないし。世界は小さくなった。土曜日には、タリンの人たちがわたしたちの朗読を聞くことになっているでしょう。数年前には考えられなかったことだわ。

「それはともかく、わたしたちには自分自身への信頼が足りないのではないかと思うわ。力があまりに分散しているの」と彼女は続けた。「フォークランド戦争のときに起こったことをお話しするわ。アルゼンチンがフォークランド諸島を占領して、イギリス軍が解放に向かった。そこで、両方の軍隊にウェールズ語話者がいたのよ。一方には、女王陛下の命令でウェールズから発っていった人たち。そしてもう一方には、アルゼンチンの独裁者を守るために戦っていたウェールズ人がね。アルゼンチンにはウェールズ人がたくさん住んでいて、パタゴニアの辺りにはウェールズ語しか話されていない地域もあるくらいなの。そして戦場で、両者が向かい合った。塹壕では、どちらの側からも同じ言語が聞こえたというわ。つまりどういうことかというと、わたしたちは今もその戦いの真っ只中にいるような気がするのよ」

メレディッドの話がさえぎられた。僕らと一緒に食事をしていた年配の男性が、スプーンを持って飲み物のグラスを叩き、場を静めたのだ。彼は自己紹介をした。「こんばんは、博物学者のフレッドといいます。一つ皆さんにお聞かせしたいものがあるのです」。そう言うと、彼はCDをかけた。ピヨ、ピヨ、ピヨ、と聞こえてきたのは、鳥の歌声だった。

「何種類の鳥が鳴いていると思いますか」とそのあとで彼は訊いた。「一種類か、二種類」と誰かが言い、「三、四種類」と別の誰かが言った。「違います」とフレッドは言った。「二十種類の歌声が入っています。異なる種類の鳥が二十羽、同時に歌っているんですよ」。そしてその鳥の話を、僕らが行なったばかりの朗読会と結びつけた。「朗読を聞いていて、あなたたちが歌っている鳥たちのように思えたんです。私は四十年間、森で鳥の歌声を聞き続けてきました。歌そのものを理解することはできませんでしたが、鳥たちが何を感じているかはわかりました。寒がっているとき、お腹をすかせているときにはそれがわかりましたし、病気になったときや恋をしているときもわかりました。私はあなたたちの言葉一つひとつは理解できないにせよ、何を語ろうとしていたかはわかります。それなのに、あなたたちは数羽の鳥の歌声を聞き分けることもできない。あなたたちが聞き取ったのはなかでも目立っていた声、一番大きな声で歌っていた鳥たちだけでした」

僕は外に出た。日付はとっくに変わっていたのに、まだ完全には暗くなっていなかった。水平線に赤みがかった帯がかかっていた。今にも眠ってしまいそうな子供の半開きの目のように見えた。フレッドがやってきて、彼も空を見つめた。僕は水平線から目を離さずに、あの鳥の話は見事でした、と彼に言った。僕たちにとっていい教訓になった、と。

「教訓ではありませんよ。世界の半分は、もう半分のことを何も知らないんです」と博物学者は、空の果てを見つめながら答えた。「私は鳥の歌声を聞くのに人生の四十年間を捧げてきて、それについて知るべきことは何でも知っています。でも、私自身は歌うことができません。生涯で一行も詩を書いたことがないんです。詩人になりたかったのですが、怖れに負けて、一度も詩を書くことができませんでした」

エストニアの森で、僕は最後にカッコーの歌声を聞いた。僕らの町の古い言い伝えでは、初めてカッコーの声を聞いたとき、ポケットに硬貨が入っていれば、その年はずっとお金に困ることがないという。

そのとき、僕のポケットに硬貨は入っていなかったけれど、ズボンのポケットを詩でいっぱいにして帰ってきた。

12　一羽の鳥が窓から

僕は講演の原稿を書き終えると、ネレアにEメールで送った。仕上がりには満足していたが、彼女の意見を訊きたかったのだ。すぐに返事が来た。

差出人――ネレア・アリエタ　nerearrieta@euskalnet.net
宛先――キルメン・ウリベ　kirmen@gmail.com
日付――二〇〇八年七月二十七日
件名――カッコーの集会

エストニアで〈カッコーの集会〉をしたというわけね。知っていると思うけれど、うちの祖母が、友達が三、四人集まってひそひそ話をしているのを見るとそう言うの。話の最後はとても詩的ね。私はもっと現実的な話を教えてあげる。昔、二人の友達が山歩きをしていて、カッコーの歌声を聞いたの。二人ともポケットに硬貨が入っていたので、すぐに言い争いを始めた。「俺に歌ったんだ」と一人が言えば、「とんでもない、俺に向かって歌ったんだよ」ともう一人が言い出す始末。どうしても決着がつかなかったので、公証人のところに行ってはっきりさせようということになった。公証人は、何はともあれ支払いが先だ、一人二ドゥーロ払えば話を聞こう、と言った。そこで二人は支払いを済ませると、出来事の経緯を公証人に説明し、カッコーは誰に向かって鳴いたのでしょうかと尋ねた。

「カッコーが誰に向かって鳴いたかだって？　君にでもなければ、君にでもない。カッコーは今日、私に歌ったんだよ！」と公証人は言った。

これも祖母から聞いた話。

今、大忙しなの。あとで電話します。

愛を込めて。


「パスタ、それとも肉料理？」とフライト・アテンダントが訊いていた。「L・トンプソン」と襟章に書かれているのが見えた。カートを押して、夕食のトレイを配っているところだ。レナータと僕はパスタを選んだ。飲み物は赤ワイン。ありがとう（ダンケ）。どういたしまして（ビッテ）。

「あなたの小説の内容をまだ教えてもらっていなかったわね」とレナータが、プラスチックの袋からフォークとナイフを取り出しながら僕に尋ねた。

「話すと長くなりますよ」

「あらあら。それはよくないわ。よい作家は、自分の小説を三、四行で説明できなければならないものよ」

「なんとかやってみます」

「さあ、どうぞ」

「祖父の船について書こうと思ったのが始まりでした。それを通じて、失われつつある生活、海と結びついた生活について書きたかったんです。それに、祖父の船の名前がとても暗示的で。ドス・アミーゴス号といって、二人の友達という意味です」

「いい名前ね」

「祖父がどうして船にそんな名前を付けたのか、ずっと知りたかったんです。それでその祖父の友達というのが誰なのか調べていたんですが、はっきりとしたことは何もわからなくて」

「ドス・アミーゴス号というと、あの奴隷船と同じ名前？」

「奴隷船？」

「ご存じないかしら？　アメリカの歴史ではとても重要な奴隷船よ。おまけにいわくつきの船なの。ヴァージニア州の元知事でリッチモンド市長も務めたことのあるダグラス・ワイルダーという政治家が、アメリカ国立奴隷博物館を建てるために、ワシントンに二億ドルの支援を要請したの。ルーブル美術館のピラミッドからインスピレーションを得た、重要な建築になるはずだった。そして展示品の目玉が、奴隷船ドス・アミーゴス号の実物大のレプリカだったの。奴隷たちがどんな状況下で、どのようにして運ばれてきたか、来場客に見せるためにね」

「祖父の船と同じ名前だなんて、すごい偶然ですね」

「ドス・アミーゴス号に起きたことは悲惨だったわ」

「なぜですか?」

「一八三〇年の秋、イギリスの軍艦ブラック・ジョーク号が、ギニア湾のフェルナンド゠ポー島付近で奴隷船のドス・アミーゴス号を捕獲したの。船長のウィリアム・ラムゼイが書き残したところによれば、船は五百人以上の奴隷を乗せてキューバへ向かっていた。ドス・アミーゴス号の船長はムヒカとかいう名前だったわ」

「話の途中ですみません、何という名前だとおっしゃいましたか?」

「ムヒカよ」

「バスク人みたいだ」

「そうかもしれないわ、キューバの船だったわけだから」

「ともかく、お話を続けてください」

「ええ。そのムヒカ船長は、イギリスのブラック・ジョーク号が後ろから追ってきているのに気がついて、そのままでは捕まってしまうと思ったの。捕まらないためには、船を軽くする必要があった。そこで、五百人の奴隷を島の近海に投げ捨てて、島まで泳いでいけるようにね、それに何日か持ちこたえられるように、食糧の包みも投げてやったの。ムヒカの狙いはあきらかだった。積み荷がなくなれば、速度を上げてブラック・ジョーク号を撒いてやることができる。敵の姿が見えなくなったら、フェルナンド＝ポー島に戻り、奴隷を海から引き揚げてキューバへ運ぼうというわけ」

「まるで商品みたいに」

「彼らにとってはまさにそうだったのよ。でもまだ続きがあるの。ブラック・ジョーク号があまりに速かったので、ドス・アミーゴス号は島から離れようとしたところで捕まってしまったの。将校たちは捕虜にされたけれど、五百人以上の奴隷をブラック・ジョーク号に乗せるのは不可能だった」

「そんな……」

「その後、ドス・アミーゴス号は奴隷貿易の監視船に転身したの。フェア・ロザモンド号と名前を変えて、その名前で新たな任務に当たったのよ」

「それで、五百人以上のアフリカ人たちはどうなったんですか?」

「見捨てられて、そのままよ。探しに戻った人は誰もいなかったわ。ひどいのは、アメリカ国立奴隷博物館の計画が、そのアフリカ人たちと同じように忘れ去られているということなの。いまだに建築計画もできていないのよ」

「ずいぶんお詳しいんですね」

「それが仕事だから。私の職場はションバーグ黒人文化研究センターといって、ハーレムにあるの。自分のルーツを調べることにずっと関心があって」

「僕も一度だけハーレムに行ったことがあるんです、今年の五月に。アメリカ芸術科学アカデミーの年次大会に行きました」

「いいじゃない」

「ええ、僕の本を英語に翻訳した作家のエリザベス・マックリンが一緒に行こうと誘ってくれて、アカデミーの玄関で七時十五分前に待ち合わせることにしました。僕はスーツを着て待ち合わせ場所に行ったんですが、辺りに人の集まる気配がほとんどないのに気がついて。それで、カナッペを運んでいたヒスパニック系の人たちに、大会は何時からなのか訊いてみました。そうしたら、まだ一時間も先だったんです!」

「それで、丸一時間もどうしていたの?」

「自分はグッチのスーツを着てハーレムの真ん中にいるんだ、と思っただけで頭が真っ白になりました。コーヒーを一杯飲みに行きたかったけれど、そんな格好で近くのお店に入る勇気がなくて。怖かったんです」

「怖かった、ですって?」

「ええ、それで、扉から三メートル以上離れずに丸一時間そうしていました。傑作だったのは、パーティーが終わってから、エリザベスと〈Soto〉という日本食レストランに行きたいと思ったんですが、二人とも住所がわからなかったんです。するとエリザベスが、そこにあるインターネット・カフェで調べよう、と言い出して。インターネット・カフェに入ったら誰も僕のことを見ようともしなかったなんて信じられますか?」

「そうでしょうね。偏見がものすごく強いのよ。いずれにしても、行くのを避けたほうがいい場所というのはあるわね」

「僕の故郷では、ごく最近まで黒人を見たこともなかったんですよ」

「本当に?」

「はい、でも今では人口九千人の町で、百人に五人が黒人なんですよ。地元の若者はみんな漁に出たがらなくて、今は彼らが漁師なんです」

「どうしてそうなったの?」

「二〇〇一年に船主たちが漁師の募集をしたら、セネガルからたくさん人がやってきたんです。セネガルでは伝統的に漁業が盛んなんですね。とくにダカールでは。セレール・ニョミンカ族がほとんどです。その部族の名前が美しいんですよ、〈海の人〉という意味なんです」

「〈海の人〉ねえ。あなた、騙されたんじゃないかしら。作家というのは、何でもそうやって美しいと思ってしまうんだから。いいえ、冗談よ。たしかにそうかもしれないわ。セレール族は流浪の民だと、少なくともサンゴールは言っていたから。〈海の人〉というのはそこからきたのかもしれない」

「その船乗りたちが辿った道のりは、キューバのドス・アミーゴス号にも似たものでした。最初にやってきた人たちは契約で来たんですが、あとからカヌーで、モーリタニアからカナリア諸島へ渡ってきた人たちもいました。小さな舟に四十人以上も乗り込んで。運が良ければ十二時間で着きます。夜七時に出発して、朝の六時に到着です。でも、潮に流されて何日も漂流することもあるんです」

　僕はボニ伯父さんのことを思い出した。伯父はよくベッドからテレビを観ていたが、たいていは聞き流しているだけだった。だがあるとき、テレビを食い入るように見つめていたことがあった。画面には、ジブラルタル海峡で命を落とした何人もの移民の遺体が映し出されていた。その映像を見て、伯父は表情を曇らせた。どうしたの、と訊くと、伯父はテレビを指さした。そして、「あの海峡は風が強いんだ」と言った。「波はほとんどないが、風がとにかく凄まじい。だから、海峡をまっすぐ渡ろうとしちゃいかん、船は風を避けて、海岸沿いをずっと行くべきなんだ。船で海峡を渡るにはかなり遠回りをしないといけない、でないと船が沈んでしまう。おまけに、あの辺は大きな貨物船がよく通るから、ぶつからないようによくよく注意しなけりゃならんのだ」

伯父は病気だったが、海で学んだことは何もかもはっきりと憶えていた。「あの人たちに起こったことは本当に痛ましいよ。強風で舟が水浸しになるんだが、高波のせいで浸水するんじゃないよ、違うんだ。跳ね返る水が少しずつ少しずつ溜まっていって、しまいには水浸しになってしまう。バケツで汲み出そうといくら頑張ってみたところで、どうしようもないということがほとんどなのさ」

溺死した移民たちのニュースが終わると、伯父はテレビを消して、何年も前に起こったことを思い出そうとするかのように、壁をじっと見つめた。「わしらバスク人にも、あれと同じぐらい危険な海峡があった。内戦後、オンダロアからフランス側のアングレットへ行くのは、ジブラルタル海峡を渡るのと同じくらい難しかったんだ。海路でフランス側へ逃げていった人は数知れない。小舟でもね。わしらの船で働いていたフィデルという奴が、こんな話をしてくれたことがある。ランド地方の沿岸で漁をしていたとき、船でボルドーに入ったんだ。フィデルがわしのところにやってきて、一緒に散歩に行こうと誘ってくれた。他の船乗りたちは港に残して、フィデルはその近くにあった墓地へわしを連れていった。その墓地は巨大でね、十字架が至るところに突き立っていた。フィデルはかつてそこで戦ったんだ。彼もフランス側へ逃げていった一人だったのでね。だが、ラブール地方に辿り着いてまもなく、第二次世界大戦が勃発してしまった。そこで、彼は抗ナチス陣営に加わったんだ。ボルドーの戦いはなかでも一番厳しかったらしい。ちぎれた肉がしじゅう顔に飛んできたそうだ。白い十字架が延々と連なったあの牧草地でね。太陽がさんさんと降りそそぐあの土地で」

僕は日記を付けるのが苦手だ。手帳にはいろんなこと、思いつきや読んだ本、予定や電話番号などを書き留めている。それが言うなれば僕の日記だ。

ビルバオとビトリアに何年か住んだあと、僕は二〇〇五年の秋に故郷へ戻った。学生時代に家を出て、それまではごくたまにしか帰っていなかった。

二〇〇五年七月二十八日、僕は手帳にこう書いた。

日曜にオンダロアに着いた。ここにいると気持ちが落ち着く。小説を書く計画を進めたいと思ってはいるけれど、どうしてもできない。午後、たったの数行を繋ぎ合わせようとしていると、部屋に一羽の鳥が入ってきた。ひどく弱っていて、壁にぶつかりながらぐるぐると飛び回っていた。僕が窓を開け放つと、外へ出ていった。もしかすると、僕もあの鳥と同じように、方向を見失って途方に暮れているのかもしれない。

今日の昼、内戦の話を聞いた。共和制時代、町にはメアベという社会党員が住んでいたという。彼は鳥が大好きで、鳴き鳥を調教していた。そして数えきれないほどの鳴き鳥を飼っていた。

内戦中のある日、彼の家が爆撃で破壊され、鳥たちがみんな飛んでいってしまった。その頃、メアベはすでに町から脱出していた。魔法のような光景だったことだろう。激しい爆撃の後、たくさんの鳥が自由の身になって通りで歌い出したなんて。苛酷な出来事のあとで、恐怖と破壊ののちに、ほんの一時だけ、通りは喜びに包まれたのだ。

その鳥たちは、ビルバオ出身のサンティ・メアベのものだった。彼は鳥の調教師としては一流だった。爆撃で鳥たちはおのずと自由の身になったが、実はそれ以前からそうだった。一九三五年に刑務所から出てきたとき、メアベは「出てきなさい、お前たちも自由の身だ」と言って鳥たちを籠から出してやったのだ。彼の考えでは、沿岸部で育った鳥が一番だ、海に対抗して歌うことを覚えるから、ということだった。共和国側の亡命者の世話を任されてノルマンディー地方にいたときも鳥の調教をしていて、その鳥の歌声のおかげで戦争のつらさが和らげられたという。
サンティ・メアベは、社会党の党首だったトマス・メアベの兄弟だった。オンダロアにやってきたのは、恋をしたからだった。サルバドラ・ゴイティアという娘に恋をして、のちに結婚した。そして教会の下で、衣料品店を営んでいた。

サンティ・メアベは、バスク語で「落ち葉」を意味するオルベラというあだ名で呼ばれていた。実のところ、彼の政治的な変遷は奇妙なものだった。初めは実家の伝統にしたがって、バスク民族党（EAJ-PNV）に所属するナショナリストだった。年月を経るとともに、PNVから分離したバスク民族行動団（EAE-ANV）の創設者の一人となり、そして最後には社会党員になった。それだから、落ち葉（オルベラ）なのだ。

内戦中、レア-アルティバイ地域で共和国陣営の防衛に当たったのが彼だった。彼が指揮した最初の作戦のひとつが、すべての橋を破壊するというものだった。そうしてオンダロアの古い橋は、フランコ派が渡ってこられないように、ダイナマイトで爆破された。画家たちがあれほど好んで描いたあの古い橋が、一つの古い世界の象徴であったものが、戦争によって破壊されたのだ。

橋は二度崩壊している。一度目はその内戦中のことだ。二度目はそれから数年ののち、洪水で流された。それは、建築家のリカルド・バスティダが亡くなったまさにその日のことだった。

13　入港する船

リカルド・バスティダは一九五三年十一月十五日に亡くなった。彼はインダレシオ・プリエトが衰弱していることを知り、プリエトが亡命していたメキシコまで見舞いに行こうとした。だが、飛行機で移動中に体調を崩し、引き返さなくてはならなかった。メキシコシティの空港に着いて即座に、帰りの便に乗らなければならなかったのだ。

バスティダがプリエトの亡命先に出向くのは、それが初めてではなかった。一九四八年には、サン・ジャン・ド・リュズに彼を訪問している。二人の話題はいつもと変わらなかった。とりわけビルバオで過ごした子供時代のことを、彼らは語り合った。お祭りのときに現われる巨人と大頭、そしてあの子供を取って食う、ガルガンチュアと呼ばれる張り子の巨大な人形について。プリエトは、その巨人の大きく開いた口のなかに幾度も入っては、お尻のところから出てくるのが大好きだった。バスティダは違った。バスティダは、人前でそんなことをするのが気恥ずかしかったのだ。

そしてもちろん、二人は信仰についても議論した。共和制時代、ビルバオのために考案した都市計画のプロジェクトについて、内戦のために頓挫してしまったあれこれについて嘆いた。とくに、あの大規模な鉄道駅について。バスティダは戦禍にすっかり打ちのめされている、とプリエトは回想録のなかで語っている。

バスティダは、内戦が勃発したときオンダロアにいた。七月で、休暇に来ていたのだ。彼はすぐさま、自分が二つの陣営のあいだで板挟みになっていることを見てとった。ある人々にとっては、彼はあまりに保守的だった。またある人々からは、社会党のシンパだと思われていた。

一九三七年九月十五日、出征していたバスティダの息子が前線で命を落とした。反乱を起こしたフランコ側の国民軍に強制的に徴兵されたのだ。殺されたとき、彼はまだ二十五歳だった。その十一年前には、父親とアメリカへ旅行する道中、純粋さに溢れた日記を綴っていた。僕が飛行機のなかで読み終えたばかりのあの日記だ。その頃、世界は広く、魅力に溢れていた。しかし戦時中、その世界は残酷なものへと一変した。

「今になって、内戦中に国民軍で戦って命を落とした兵士たちの遺族に、亡骸をマドリードの〈戦没者の谷〉に埋葬するために引き渡す用意はできているかと訊いてくるのだよ。神よ、そのようなことを言い出す者たちをどうかお許しください！　戦没者とは亡くなったすべての人たちのことではないのか。死によって兵士たちは皆等しい存在になるのだし、結局は皆、同じ一つの祖国の兄弟なのだから」とバスティダはプリエトに語った。

プリエトと親しくしていたがために、バスティダは数多くの困難に見舞われた。司教館の建築を手がけ、平信徒の活動団体であるカトリック・アクションのメンバーであったにもかかわらず、密告されてビルバオ市議会の職と報酬を失ったうえに、あと少しで投獄されるところだったのだ。

バスティダはのちに、自分を密告した人物と通りで出くわした。近づいていくと、その男が青ざめたのにバスティダは気がついた。彼はひと言だけ、こう言った。「あなたを赦します、それだけを言いに来ました。赦すことが私にとっての復讐です」


内戦の最大の犠牲者の一人、トキ・アルギア号の機関士だったミエル・ガリャステギが、彼に苦難を味わわせた人々を赦すことができたかどうかはわからない。ある時点で、彼は心の内に平穏を取り戻した。彼を知っている僕からするとそう思える。少なくとも、悲嘆と憎しみは乗り越えたはずだ。人々の話ではそうだった。

トキ・アルギア号が帰港するときのことは、ぼんやりとしか憶えていない。たしかに言えるのは、大勢の人がそこに集まり、女性や子供たちが、船がいつ港に入ってくるかと待ち構えていたということだ。漁師たちのなかには、妊娠した妻を置いて出てゆき、帰ってくると妻がベビーカーを押していたという人もいた。「言うは易し、行なうは難し、と言うでしょう。わたしも含めて漁師の妻というのは、夫と一緒に生活したことがほとんどないの。片方は海、片方は陸にいるわけだから。もちろんお互いに話はしますよ。でも、その頃にはみんな過去のことになっているの」と母は言っていた。

僕ら子供たちも、父とはほとんど一緒に暮らさなかった。母は時々、僕たちが悪さをすると父にそのことを言いつけて、叱ってくれと言った。「子供部屋に行って、懲らしめてやってちょうだい」と。だが父は、部屋に入ってくるとベッドの端に座り、そこから僕たちのことを黙って見つめているだけだった。

船が到着すると、船乗りたちは青い大きな荷袋をもって降りてきた。機関士のミエルのことはよく憶えている。小さな木製の船をいくつも手にもって出てくるのだから、子供にとっては忘れようもない。ミエルは機関室にいる時間が長いので、海が穏やかなときは、船のミニチュアを作って過ごしていた。

オンダロアでは、船の模型造りは長い伝統を誇っている。現存する最も古い模型は、アンティグア礼拝堂に吊るされている十九世紀のフリゲート艦だ。ホセ・マウリとカイセルが教会への奉納物として作ったとされている。

そのアンティグアの船は、一九五〇年代にフェルナンド・イラマテギによって修復された。フェルナンド・イラマテギの名声は町の外まで、とりわけ避暑客たちのあいだで広まっていた。リカルド・バスティダとホセ・マリア・オリオル・イ・ウルキホは、彼の仕事ぶりを高く評価していた。とくにオリオルが熱心だった。あるとき、彼はショーウィンドーに美しい船の模型が飾ってあるのを目にした。イラマテギの手になることは間違いなかった。オリオルによれば、それはいまだかつて見たこともないほど見事な出来映えの船だった。芸術品と言っていい。あらゆる細部が精巧に作り込まれたその様子は、まさに驚異的だった。イラマテギの最高傑作がそこにあったのだ。

その帆船にすっかり驚嘆してしまったオリオルは、どうしても欲しいので、ぜひ売ってほしいと職人に頼み込んだ。仕事の見返りとして望むだけの金額を出すから、と。船を作るのに何千時間費やしたとしてもかまわない。すべての労に報いるだけの、いやそれ以上の金額を支払う。しかし、イラマテギは駄目だと言った。彼は真面目な職人で、すでに約束があるものを売ることなどできなかった。そしてオリオルに、その船は抽選の景品になることがもう決まっている、と告げた。欲しいのなら、くじを買って神か運の思し召しを待ちなさい、と。

ホセ・マリア・オリオルは、イラマテギの話を聞いて、いてもたってもいられなくなった。そして、その美しい船を見るたびに心がざわざわとした。何としてでも、あれを自分のものにしたい。その船を、抽選の日に自分よりも運がよかったがために、他の誰かが家に飾っているところなど想像できなかった。オリオルは、物事を運まかせにするのをまったく好まなかった。人生でも、ビジネスにおいても。彼が好むのは決断を下すことであって、機に乗じて物事を進めなければならないと考える性質(たち)だった。

そうこうするうちに抽選の日がやってきた。オリオルは一枚ずつくじを買い集め、しまいにはすべて買い占めてしまった。そうして彼は、巨匠イラマテギが作ったあの美しい船の持ち主となった。たとえ何が起ころうと、偶然にまかせていてはならない物事もあるのだ。

ミエル・ガリャステギは、町でマドリードのミエル(ミエル・マドリレニュ)と呼ばれていた。上手くつけられた呼び名だった。というのも、父親はオンダロアの出身だが、彼自身はマドリード生まれだったからだ。彼の父はどうやら船乗りに向いていなかったらしく（船酔いがひどかった）、エイバルにあるスター武器工場に働きに出されたという。

そこで少年は才能を見いだされ、マドリードの造幣局本部へと送られて、硬貨や紙幣のデザインに携わった。マドリードで結婚し、よい地位も得て、夏になるとオンダロアに近いウルベルアガの湯治場に避暑客としてやってきた。ミエルは子供時代、オンダロアに来たいなどとは思ったこともなかった。マドリードから出るのは嫌だったし、自由教育学院(インスティトゥシオン・リブレ・デ・エンセニャンサ)で学んでいたので、学校が主催するサマーキャンプでカンタブリア地方に行くほうがよかったのだ。

父親が生まれたあのちっぽけな町については、何も知りたいと思わなかった。

ところが、内戦が勃発すると、事態は悪い方向へ向かっていった。マドリードのアルゲリエス地区にあった家は爆撃で破壊されてしまった。祖父母は戦禍の首都からアリカンテに逃げ、そこで亡くなった。彼の母親は、自分の母の死に耐えきれず、悲嘆のあまり他界した、とミエルは語っている。

彼の父親は、マドリードがフランコ派の手中に落ちたときに捕虜となった。それからまもなく、機械工として選ばれて、仕事のために刑務所の外に何時間か出る機会ができた。そのおかげで彼は命を救われた。しかし不幸なことに、内戦が終結すると事態は一変した。弾圧はよりいっそう厳しくなり、銃殺刑が相次いだ。ミエルの父もそうして亡くなった。

父親はその前に、もしものときのために、いくつかの住所が書かれたメモをミエルに渡していた。遅かれ早かれ、いつかは殺されるだろうと覚悟していたのだ。父親はミエルに、もし万が一のことがあったら、このなかのどれかの住所を訪ねていきなさい、温かく迎えてくれるはずだから、と言い含めた。住所はいずれもオンダロアのものだった。

十五歳だったミエルは、家も親も、何もかもを失い、たった一人、電車でマドリードからサンセバスティアンへやってきた。海沿いを走る電車に乗り、デバまで辿り着いた。デバでオンダロア行きのバスがあることを確かめると、運転手にメモを見せ、そのリストのなかで誰か知り合いはいないかと尋ねた。バスの運転手は、ミエルを北通り（イパルカレ）十二番地に連れていき、そこで彼はピペラ家の人々に迎えられた。北通りはその頃までに名前を変えられて、ベラルデ司令官通り（コマンダンテ・ベラルデ）と呼ばれるようになっていた。ピペラの一家は、見ず知らずのミエル少年を家に受け入れた。そして、その建物の下の階に住んでいたのがリボリオとアナ、僕の祖父母だった。

ミエルは、幼い孫娘にこうした話をすべて聞かせ、孫娘は学校の課題のためにそれを録音した。ミエルが亡くなる直前のことだ。僕がピペラ家のアンティグアの家を訪ねたとき、彼女は録音したCDを僕に渡しながら、「ここにミエルのすべてが入っているわ」と言った。

そのCDはとても賑やかだった。ミエルがユーモアたっぷりに話を聞かせては、子供が笑い声を上げるのだ。たとえば、第二次世界大戦が勃発したときのこと。ミエルたちは一九四〇年代にフランス沖で漁をしていたらしく、あるとき海で木箱を見つけた。「蓋のところにフジツボがびっしり付いていてね」とミエルは語る。船乗りたちがそれを水から引き揚げてみると、箱の上部にいくつかの文字が書かれていた。RAF、イギリス空軍のイニシャルだ。箱を開けてみて、一同は息を飲んだ。チョコレートとクッキーが入っていたのだ。

「我が目を疑ったね、みんなまだ若かったし、とにかく腹を空かせていたもんだから、あっという間にクッキーを平らげたよ」とミエルの声が聴こえる。

しかし、可笑しいのはまだここからだ。クッキーを平らげてからというもの、船乗りたちは一睡もできなくなってしまったのだ。丸一日ひと眠りもせず、二日目もまんじりともしなかった。それなのに仕事に就くと、まるで八時間眠ってきたとでもいうような働きぶりだった。ところが三日目になって、目を開けていられなくなった。三日分の眠気が一気に押し寄せてきたのだ。「二十四時間、眠りに眠ったよ」どうやらそのチョコレートとクッキーは戦闘機のパイロット用で、長時間の飛行も眠気に負けず耐え抜けるよう、薬物が仕込まれていたらしい。

ＲＡＦの箱のくだりで、僕は祖母に聞いたある話を思い出した。戦時中、バスクの漁師たちは海で、難破船からの漂流物を見つけることがよくあった。当時、ゴムは大変な貴重品だった。魚よりもゴムを採ってきたほうがずっとお金になった。ゴムは大きな梱で海面に浮いているのがつねだった。漁師たちはサイザル麻のロープで梱を解き、切り取った分を少しずつ衣服の包みに隠して持ち帰っては、闇市で売りさばいていた。

第二次世界大戦以前、ゴムは木から採れるもので、最大の生産国はブラジル、それにマレーシアとインドシナ半島が続いた。ブラジル人はゴムの木を、まるで黄金のように大事に世話していたのだが、イギリスとフランスのスパイが種を盗み、アジアの植民地で栽培を始めた。一九四二年、太平洋戦争によりアメリカ合衆国がゴム生産の原材料を入手できなくなると、そこから合成ゴムをつくり出す競争が始まった。

一九四二年と四三年は、大西洋を渡ろうとする貨物船にとって苛酷な年だった。そうした船を撃沈するのは、ドイツの潜水艦にはたやすいことだった。一九四一年から四四年にかけて、フランス南西部にあるアンダーユからノルウェー北部のノールカップまでの沿岸はドイツの統制下にあった。

　祖父は、フランス沖で漁をしていて、ゴムの梱を見つけたことがあった。難破船からの漂流物だった。僕の母は、祖父がゴムを売ってつくったお金で新しい靴を買ってきた日のことをよく憶えている。娘たちのために一足ずつ持ち帰ったのだ。

　ミエルは、かつてガリシアで出くわした事件についても語っている。マグロを追ってその辺りを航海していたときのことだった。漁に出て長いこと経っていたので、船長は船の塗装をしようと思い立った。船を陸に上げて、漁師たち自身が塗装を始めた。すると、それはとてつもない関心の的となった。来る日も来る日も、船を見るために人が押し寄せたのだ。ガリシアにあるのと変わらない、ただの沿岸漁船でしかなかったので、漁師たちはわけがわからなかった。あとになって理由があきらかになった。その地方では、バスクの船は底がガラス張りになっていて、だからあんなにたくさん魚が獲れるのだという噂が広まっていたのだ。人々は件のガラス張りの船底を見るためにやってきた、というわけだった。

　バスクの港の船は、他の船よりも速いというわけでもなければ、漁の仕方もほかと比べてどこか変わっているわけでもなかったはずだ。けれども、距離というのはつねに謎や伝説を生み出すものなのだ。

　ミエルがオンダロアにやってきた頃の様子も、そのＣＤのなかで語られていた。町には電気がなく、夜半過ぎには見回りに来た夜警に叩き起こされて、その後しばらくは通りに響く木靴の足音しか聞こえなかったということ。当時は皆、木靴しか履かなかった。海では裸足だった。お祭りの日にはエスパドリーユを履いた。

　漁がどのように変わってきたか、ということにも話題は及んでいた。その当時、捕れた魚は船同士で分け合っていた、とミエルは話している。同様にして、カタクチイワシの漁期には町中の家々に魚が配られた。「桟橋のところから船にスカーフが投げ込まれてくるから、わしらはそれをカタクチイワシでいっぱいにして、もらいにやってきた人に返してやったんだ。あの頃はみんなよく助け合っていたもんだよ。今では、そういう助け合いもなくなってしまった」

　CDを貸してくれた日、アンティグアは別れ際になって涙をこぼし始めた。「あの人を失って、自分が空っぽになってしまったようなの。本当に素晴らしい人だったから。彼が死んでからは、ほとんど家からも出ないのよ」。未亡人の話では、ミエルは引退して海に出るのをやめると、心ここにあらずといった悲しげな様子だったという。何をしたらよいかわからず、海の生活を懐かしんでいた。そのうちに、昔からの趣味だった絵に打ち込むようになった。台所のテーブルで、何時間もかけて絵を描いた。椅子の上に膝を乗せて、そのままの姿勢で描き続けた。父親が紙幣をつくっていたのと同じ器用な手つきで。

「彼はとても愉快な人だったわ」と、アンティグアは涙を拭ってから僕に話した。ミエルは動脈瘤を患っていて、手術を受けた。それからまもなく、ピペラ家の全員が集まって昼食をとる機会があった。ミエルは衰弱していて休息が必要だったので、もしものことがあってはいけないからと家に残った。

ところが、ミエルはその昼食に行かずにはいられなかった。ピエロの扮装をして、自宅の隣の、家族が揃って食事をしている家に向かった。皆を驚かせたかったのだ。しかし、建物の玄関に着いて階段を上り始めたところで気分が悪くなってしまった。

ある子供が彼を階段のところで発見した。「そうして亡くなったの。彼らしく、ユーモアたっぷりにね」

画面のナビゲーターに目をやった。そこには、大西洋の地図が表示されていた。ヨーロッパとアメリカの全体が見える。そして一本の放物線が、フランクフルトを出発してからイギリスの島々の上空を渡っていくまでの飛行機の航路を描き出している。まだ旅路の半分も来ていない。画面は、今どこが昼なのかも細かく表示していた。暗くなっているところは夜の国々、明るくなっているところは昼の国々だ。フランクフルトを出たときは、ヨーロッパが明るく表示され、アメリカ合衆国の西海岸は暗かった。今はヨーロッパに影が広がり、太平洋は光に包まれている。

時間はそのようにして働く。そして僕らの内面でも、かつて影に覆われていた部分が突如として明るみに出ることがある。青春時代には暗がりにあったところに、大人になってから光が当たり始めるのだ。若いうちは、その頃特別に大事なものがある。友達、夜、理想といったものだ。そしてその他のいくつかの事柄は、すっかり片隅に追いやってしまう。それらが一体どんなものなのか知りもせずに。たとえば、父親になるということ。僕にとって、その大陸はこれまで暗闇に包まれていた。でも今は、徐々に光に照らされて、かつて見たことのないその美しい土地に、昼の日差しが広がりつつある。そして同様に、他のいくつかの場所には夜が訪れようとしているけれど、それは避けようもないことなのだ。

14 ヌーク

目的地までの距離——二〇六一マイル
目的地までの時間——四・〇四時間
目的時間——午後三時一五分
飛行速度——時速五〇六マイル
飛行高度——三五〇〇〇フィート
外気温度——華氏マイナス六七度
ゴットホープ、レイキャビク、セントジョンズ

ジャズのTシャツを着た若者たちが笑い声を上げながら、フライト・アテンダントのL・トン

プソンに三杯目のウォッカを注文した。彼女は、いけません、と答えた。S・ウスコという別のアテンダントが通りかかったとき、彼らはまた頼もうとした。しかし、彼女もまた取り合わなかった。夕食をとってもうだいぶ経っていますから、と。

「なんて楽しそうなんでしょう。うちではもう、あの賑やかな雰囲気はなくなってしまったわ」と、レナータがイヤホンを外しながら僕に言った。「子供たちは大学に進学して家を出てしまって。だから別々に暮らしているの。あなたにお子さんはいる？」

「ええ、妻の息子と一緒に住んでいます」

「歳はいくつ？」

「十六歳です」

「じゃあもうずいぶん大きいのね」

「ネレアは若くしてウナイを授かったんです。デンマークに留学していたときに」

「お二人はいつ知り合ったの？」

「同じ町の出身なんです。でも一緒になったのはほんの三年前のことで」

「そう、人生の巡り合わせって不思議なものよね。思ってもみないときに何かが起こったり、誰かが突然現われたりして、人生が一変するのよ」

「でも、そういうときは不安や怖れもあるものですよ。僕はネレアに恋をするのが怖かった。

そうなることはわかっていたけれど、目が眩むような感覚でした」

こう言い終えようとした瞬間に、画家のアウレリオ・アルテタのことが思い浮かんだ。パリ万国博覧会でスペイン共和国が設置するパビリオンのために、ゲルニカ爆撃をテーマにした絵を描いてほしいという依頼をアルテタに拒絶させたのも、ひょっとしたらそうした眩暈だったのだろうか。それについては誰も知りようがない。僕にわかるのは、彼が結局は戦争を逃れて、家族とメキシコへ渡る決心をしたということだけだ。そして、それこそが今は肝心なことだった。

亡命するまでのあいだ、アルテタは内戦中大変な苦労をした。彼の長男は国民軍に徴兵された。しかし、彼自身は抵抗運動に身を投じていた。他の大勢の知識人たちとともにバルセロナで反戦マニフェストを起草し、アントニオ・マチャード、ルイス・セルヌーダ、ミゲル・エルナンデス、マリア・サンブラーノらと活動していた。

その頃、彼の絵のテーマは戦争一色だった。明けても暮れても戦争ばかり。

共和国派の人々のあいだの内紛にほとほとうんざりして、一九三八年、彼は妻と幼い二人の息子を連れてメキシコへ渡る決心をした。そしてメキシコでは、フランシスコ・ベラウステギゴイティアとエルビラ・アロセナの家に迎えられた。その二人は、バスクからの亡命者たちを保護するために、ホテルを丸ごと用意していた。

アルテタは、一九二九年にアマリア・バレドと再婚していた。アマリアは彼のモデルであったと同時に長年の友人で、ようやく結婚にこぎつけたのだ。アマリアにはすでにアンドレスという息子がいて、アルテタとの間に生まれたもう一人の子供には、画家と同じアウレリオという名が付けられた。

一九四〇年十一月十日の日曜日、アルテタは、親友の一人が銃殺刑に処されたことを知った。その苦しみを癒すには、喧噪から遠く離れた山にでも行くのがいいかもしれない、と彼は思った。夫婦連れ立って路面電車に乗ったところで、事故に遭った。瀕死の状態にありながら、アルテタはその少しの間に、家族に別れを告げる短い文章をしたためた。そして亡くなった。死を逃れようとして、思いもかけない場所で死に捕えられたのだ。「どこへ行こうとも、死はそこで待ち受けているものですよ」というのは僕の母の口癖だった。

最初に弔問に訪れたのは、当時やはりメキシコに亡命していたイダレシオ・プリエトだった。プリエトはアルテタのことを心から尊敬していた。だが、二人のあいだに交わされた書簡は現存しない。

政治家との関係を疑われるのを怖れた家族によって、すべて燃やされてしまったからだ。

一九三七年一月四日の午後五時、フランコ派の空軍によるビルバオ爆撃への応答として、怒り狂った市民たちが、ビルバオ市内にある複数の刑務所を襲撃した。刑務所に収容されていた国民軍の捕虜を殺そうとしたのだ。ラリナガ刑務所は、そうした刑務所の一つだった。

当局は襲撃を食い止めようとしたが、時はすでに遅かった。その夕方、数百人もの命が奪われた。そして、ラリナガ刑務所に捕虜として収監されていた一人が、祖父のリボリオだった。彼は、積み重なる死体の下に隠れて死を免れた。その後、混乱に乗じてベゴニャ地区から山へと逃げていった。

しかし、ベゴニャ地区の坂を上っていくとき、一緒に逃げていたホセ・ルイス・メレルという人が流れ弾に当たってしまった。

リボリオは彼を背負って、安全な場所まで運んでいった。

それから何年もあと、リボリオの長男、つまり僕の父も収監されるという出来事があったのだが、その理由はずいぶん違っていた。イギリスの海域で不法に漁をしていると見なされて、沿岸警備艇に船が拿捕されたのだ。

トキ・アルギア号がどのように拿捕されたかを知りたければ、イシドル・エチェバリアに聞くのが一番だ、と父の友人であるヨン・アカレギが教えてくれた。アカレギはかつて、大きなマグロ漁船に乗ってアンゴラに行っていた。そこまで漁に出た回数は数知れない。だがロッコール島でも、父と一緒に漁をしていた。

そうして漁に出ていたあるとき、父は初めてストーノウェイに連行された際の様子を彼に語った。それはロッコール島に最初にやってきた頃、今や昔の一九七〇年代のことで、父とフスト・ラリナガは船の装備を試そうとしていた。すると戦艦が近づいてきた。そんなことは初めてだった。ゴムボートが船の脇にやってきて、タラップを降ろすようにと戦艦の船長が命じた。フストは、いや、降ろさない、と答えた。船長は命令を繰り返した。彼は双眼鏡で船のなかの動きを追っていた。フストがまたもや拒否した。すると船長は三度目に、「ストーノウェイ行き（トゥ・ストーノウェイ）だ」と言い、船を港へと連行した。

　父たちがストーノウェイに行くのはそれが初めてのことだった。そして、そのときは何事も起こらなかった。すぐに解放されたからだ。だが、ミエルの絵に描かれた事件のときはかなり事情が違っていた。裁判にまでかけられたのだ。その話は家で多少聞いたことはあった。マルガリータ伯母さんが電話をかけてきて、父が逮捕されたと知らされたとき、母がひどく取り乱したのを憶えている。だがそれでも、僕はもっと詳しいことが知りたかった。

　イシドル・エチェバリアは弁護士で、トキ・アルギア号のように拿捕された船の案件を扱っていた。ネレアを伴ってサンセバスティアンの彼の家に入るやいなや、彼は僕らに新聞を見せた。

「これを見てごらんなさい」と言って、死亡通知のページを指さした。

† ファビアン・ララウリ・アストゥイ
（アシュモル）

安らかに眠らんことを

2008年7月17日、終油の秘蹟と神の祝福のもと、87歳にて逝去いたしました。

近親者一同

お悔やみの言葉を寄せて下さった方々、ならびに故人の魂の冥福を祈る葬儀ミサへご参列頂いた方々に、心より御礼申し上げます。

ファビアン・ララウリは、トキ・アルギア号の船主だった。「君たちがトキ・アルギア号のことについて訊きにやってきたその日に、死亡通知が載ったわけですよ。長年あの船のことは耳にしていなかったのに、同じ日に二つも知らせが舞い込んでくるとはね」

イシドルは、僕らに話すべきことを念入りに準備していた。彼は船が拿捕されたときの様子について説明する前に、当時の法律がどのようなものだったかを教えてくれた。「あの頃、オンダロアの港には引き網漁船が百隻以上ありました」。それから、漁業権について話し始めた。「当初、領海は陸地からたったの三海里でした。三海里より向こうの海は、皆のものだったのです」

領海の画定の仕方というのは奇妙なものだ。かつてそれは、陸に設置されたカノン砲の射程距離に従って決められていた。砲弾がどこまで届くかによって領海が決定されていたのだ。そして徐々に、カノン砲の性能が上がっていくにつれて、当初は三海里であったものが六海里になり、のちに九海里になった。

一九七六年には、領海は二百海里までとされた。その当時、ヨーロッパ共同体を構成していた国々によって決められたのだが、そこにはイギリスも含まれていた。そして、漁業関連の法律はブリュッセルの管轄となった。長年すべての人に開かれていた海域がヨーロッパのものになってしまい、父が漁をしていたロッコール島の辺りも例外ではなかった。

二百海里の法律を適用するためには、島に人が住んでいる必要があった。ロッコール島には、そもそもそこで暮らすのは不可能なので、いまだかつて人が住んでいたためしはない。だが、セントキルダ島は違った。一九三〇年代まで、その島には人が住んでいた。そしてロッコール島は、セントキルダ島から二百海里以内にあるので、そこで許可なしに漁をするのは違法だった。

一九八二年の春、トキ・アルギア号がロッコール島付近で無許可に漁をしているところを、イギリス軍の飛行機が写真に撮影し、ブリュッセルの裁判所とストーノウェイの沿岸警備隊に通報した。だがその頃、トキ・アルギア号はすでに帰途についていたので、船を追跡するには次の漁期まで待たなくてはならなかった。

およそ一年が経ち、トキ・アルギア号はふたたびロッコール島の近海にやってきた。そうしたある日、ラトリー船長率いるジュラ号がトキ・アルギア号を拿捕し、ストーノウェイの港へと連行したのだ。

四万ポンドの罰金を払ったのち、船乗りたちは裁判までのあいだ保釈された。それまで、事の流れは次のようになるのが普通だった。まず、罪状を認めて罰金を払い、帰途につく。船の名前がブリュッセルに通知され、ブラックリストに載せられる。その結果として、次の漁期のための許可が剝奪されてしまう。

イシドルは、トキ・アルギア号の件では運に恵まれていた。思いがけず裁判が延期になったのだ。件の飛行機のパイロット二人がフォークランド戦争に行ってしまい、戦争から戻ってくるまで出廷することができなかった。そうして間が空いたことで、彼には作戦を考え、弁護を練り直す時間ができた。そこで、いつもは罪状を認め、罰金を払うばかりだったのだが、今回は本気の弁護を準備することにした。

弁護側の主張は、以下のように展開されるはずだった。写真に写っている船はトキ・アルギア号ではなく、別の船である。というのも、ブリュッセルは違法に漁をしていて拿捕された船をブラックリストに載せており、そうした船には漁業許可を与えていないからだ。しかし、一九八二年五月二十二日にジュラ号に捕捉されたとき、トキ・アルギア号の書類手続きには何一つ不備がなかった。第一に、船は漁業許可をもっていたし、そのうえブリュッセルのブラックリストに載ってもいない。実際のところ、トキ・アルギア号に航行禁止を通達するのを忘れたのはブリュッセルなのである。イシドル・エチェバリアは、その官僚側のミスをおおいに利用するつもりだった。

イシドルは、ストーノウェイの判事の前で無実であると証言してほしいと父に頼んだ。一方、スコット検事は有罪を主張しており、それを確証するために、RAFの二人のパイロットを証人として喚問したのもその検事だった。

最終的に、無罪の判決が下された。それは、イシドルが勝利した初めての裁判だった。裁判に出席した全員が、ストーノウェイからグラスゴーまで飛行機の旅をともにした。その飛行機はとても小さかったので、全員が言葉を交わした。フォークランド帰りのパイロットは、笑いながら父に言った。「ユー・ノウ・ユー・ワー・ゼア」。あそこにいたことはわかっているんでしょう。

父も微笑み返した。

その裁判ではもう一つおかしなことがあった。四万ポンドの罰金は支払い済みだったので、スコットランド当局は船主たちにお金を返さなければならなかった。ところが、当時スペインの通貨だったペセタの相場が下落して、ベルメオのララウリ兄弟はひと儲けしたのだ。

「ストーノウェイに行くのなら、アンガス・マクリードのことを訊いてごらんなさい。この件については彼がもっと詳しく話してくれるでしょう」とイシドルは別れ際に僕らに言った。

15 セントキルダ島

セントキルダ島は、ロッコール島からもっとも近い離島だ。一九三〇年まではそこに人が住んでいた。その年に最後の住民たちが出ていき、そうして二千年続いた人々の暮らしが幕を閉じた。一九三〇年八月二十八日、陽光がさんさんと降りそそぐその日に、人々は荷物をまとめて、永遠に島をあとにした。その時点で島人は四十人足らず、若者たちは新天地を求めて出ていってしまい、島には残っていたのは老人ばかりだった。

しかし、セントキルダ島に人が暮らしていた痕跡はきわめて古く、新石器時代まで遡ることができる。島は五百年間にわたって、マクリード家の領地だった。年に一度、夏になると、領主の使いが島にやってきた。そのときに地代が徴収され、島の人々に必要なものが運ばれてきた。島の住人がどんなものを頼んでいたかを見てみると面白い。雌牛や農具ばかりでなく、衣類も注文されていた。たとえば十八世紀の文書には、男性用のベレー帽一ダースという注文が記録されている。

その孤島で、人々がどのように流行を追っていたかは注目に値する。十九世紀末のこと、裕福な旅行客たちが避暑にやってきた。イギリスの島々のなかでも隔絶したセントキルダ島に旅するのはエキゾチックなことだった。あるとき、港に着いたばかりの婦人は、島の女性がロンドンのオックスフォード・ストリートの流行の最先端を行く服をまとっているのを目にして、驚愕のあまり言葉も出なかった。船で到着した一行よりも、島の女性のほうがモダンな装いだったのだ。その服はどうやって手に入れたのかと尋ねると、前年の夏に船でやってきた旅行者の一人と交換したのだという。その女性は、誰よりも流行に先んじていたかったのだ。

島に毎年やってくるその船は、何世紀にもわたり、島の住民たちを文明世界と結びつける唯一の接点だった。彼らは島の外に郵便を届けるために、おもちゃのような木製の小舟をいくつも造った。そのなかに手紙と一ペニー硬貨を入れて、説明書きをつけて海に流したのだ。「開けてください（プリーズ・オープン）」と小舟の外側には書いてあった。

北西から風が吹いている日に小舟を海に送り出すと、スコットランド北部かノルウェーの岸に届いた。この郵便船が使われ始めたのは一八七七年のことだ。

その年の二月、ペティ・ドゥブロヴァッキ号というオーストリアの船が難破し、島人たちが乗組員を救出した。しかし、冬も深まるにつれて食料が底を尽きつつあったので、ジョン・サンズなる人物が郵便船のアイデアを思いついた。郵便を入れた小舟は、グラスゴーのオーストリア領事に宛てて送られた。九日後、小舟はスコットランドで拾われて、領事のもとへ無事手紙が届けられた。

それから数日のうちに、イギリス海軍のジャッカル号がセントキルダ島付近に姿を現わし、オーストリア人の船乗りたちを移送していった。

二十世紀に入ると、セントキルダ島に変化が訪れた。二千年続いた生活様式がそのとき断絶したのだ。島人たちは何世紀ものあいだ、牧畜と鳥の羽毛で生計を立ててきた。しかし、観光業の到来で、そうした生活は一変した。人々は土を耕し、鳥の羽をむしり、家畜の世話をすることをやめ、観光業に従事するようになった。そして、かつての暮らしを忘れていった。

それも、彼らが島を捨てるまでのことだ。

島を捨てるという決断をもたらしたのは、ある病気だった。だが、病気自体は深刻なものではなかった。ただの虫垂炎が、最終的に島を離れるきっかけとなったのだ。一九三〇年一月、メアリー・ギリースという女性が腹部に痛みを感じるようになった。ちょうどそのとき、港には貨物船がいたので、島人は女性が病気だという知らせを伝えてもらった。しかし、病人がグラスゴーの病院に運ばれたのは二月十五日のことだった。彼女は移送先で亡くなった。

島の人々はメアリーの死を非常に深刻に受け止め、古いしきたりにならって集会を開くと、島を去る決意を固めた。その頃、島に残っていたのは男性十五人、女性二十二人だけだった。他の人々は皆、アメリカやオーストラリアに移り住んでいた。

老人たちは島を出たがらず、ここに置いていってくれ、亡き家族や友達のそばで死にたいのだ、と家族に訴えた。

言い伝えによれば、セントキルダ島の住民は、新しい生活になかなか順応することができなかった。彼らは、嵐にさらされたあの孤島での生活をけっして忘れることがなかったという。

何か見るものはないかと思い、座席の前の画面に目をやった。まず、音楽のセクションを見てみた。「ノラ・ジョーンズ　ライヴ」というのをクリックする。すると、劇場でピアノを弾いているノラ・ジョーンズが現われた。ドラムスにコントラバス。ブルックリンの歌姫が歌いはじめた。

アイ・ウェイティッド・ティル・ソウ・ザ・サン
アイ・ドント・ノウ・ワイ・アイ・ディドント・カム
アイ・レフト・ユー・バイ・ザ・ハウス・オブ・ファン
アイ・ドント・ノウ・ワイ・アイ・ディドント・カム
アイ・ドント・ノウ・ワイ・アイ・ディドント・カム

〈私は太陽が昇るまで待っていた
なぜ行かなかったのだろう
楽しみの家にあなたを置いてきた
なぜ行かなかったのだろう
なぜ私は行かなかったのだろう

飛行機の乗客に視線を移した。大半の人が眠りについている。レナータも眠っている。世界の多くの国の人々が、この機内に居合わせている。

五月、ニューヨークで編集者のフィオナ・マクレーと食事をした。僕らは〈フィオレッロ〉というイタリアン・レストランで待ち合わせていた。ブロードウェイの、リンカーン・センターの真向かいだ。各テーブルには名前の書かれた小さなプレートが置いてあった。このテーブルには誰それが座り、このテーブルは別の家族の一角、といった具合だ。レストランは満席だった。食事客は皆、オペラ座から出てきたところだった。

僕はフィオナに小説の計画を話した。アイデアは固まりつつあり、最終的にはビルバオ―ニューヨーク間の空の旅を軸としてすべてが展開されるはずだ、と。十九世紀の小説に後戻りすることなく、ある家族の三世代について語るには、それが肝心なことだった。そこで、小説を書くプロセスそのものを語ることにして、三世代の物語は断片的に、ごく断片的に提示されることになるだろう。

「わたしの人生もまさにそうだわ、飛行機のなかで生活しているようなものよ」とフィオナは言った。「わたしはウェールズの出身で、セントポールにオフィスがあるけど、夫はニューヨーカーなの」

飛行機のなかで生活する人もいれば、船の上で生活する人もいる。ごく最近、オンダロアでは、船乗りの溺死体が港で発見された。その事件はほとんど人目を引かなかった。亡くなった船乗りは移民で、船上で生活していた。彼にはちゃんと名前も名字もあったのだが、家はもっていなかった。働いていた船が彼の住み処だった。彼に会おうとする人は、船のあるところに行かなければならなかった。その男性がなぜ溺死してしまったかはよくわかっていないが、おそらく夜、船に乗ろうとしたときに足を滑らせたのだろう。不運なことだ。そして鉄の船体のあいだに挟まれて命を落とした。いずれにせよ、はっきりしたことはわからない。だが、嘘みたいに思えるかもしれないが、船に住んでいたのは彼ばかりではないのだ。今でも、船上で生活している船乗りはたくさんいる。船で仕事をし、暮らすのもそこで、船が港に係留してあるあいだも住み続けている。彼らはときたま上陸して、酒場に足を運び、ほんの少しのあいだ孤独から抜け出すが、夜になるとふたたび船に戻って眠りにつく。

そうした家をもたない船乗りたちの生活が、僕にはひどく苛酷なものに思えて仕方がなかった。船上で暮らし、地に根を張ることがないのだ。船は港に浮かんでいて、船乗りたちは、自分の生活をその港に繋ぎ留めてしまうことを嫌うかのように、境界を越えることがない。彼らの住み処はかりそめのものだ。彼らの家は地上に建てられてはいない。家の支柱は確固たるものではない。此処でも彼処でもなく、つねに水の上なのだ。

しかし、なかには、埠頭のその境界を越えていく者もいる。休暇でアンダルシアに行ったとき、奇妙な出来事に遭遇したことがある。何人かの若者と話していて、僕がバスクからやってきたことを伝えると、彼らの一人が、自分も子供の頃、オンダロアに住んでいたと言うのだ。人生には偶然がつきものだ。彼の両親はバスクにやってきたとき、家がなかったので港の倉庫のなかで眠っていた。そこで網に囲まれて、寝床をつくっていたという。そして彼の一番の上の妹は、その倉庫のなかで、網に囲まれて生まれた。まるで小さな人魚みたいに、魚の匂いを漂わせていたそうだ。バスクの沿岸部で何年か働いたのち、一家はアンダルシアへ戻っていった。だが、その妹だけはバスクに残った。

船と港をあとにして、その土地に家を構えることができた人たちがたしかにいる。当初は何人かの船乗りと一緒に住み、やがて自分だけの家をもつようになる。数年のうちに、なかには結婚する人も出てきて、子供をもうける。その子供たちは、今ではバスク語を話している。

飛行機の画面で、音楽のセクションを閉じ、映画のほうに移る。選択肢は四つあった。『パリ20区、僕たちのクラス』フランス。一二八分。監督　ローラン・カンテ。『デルタ』ハンガリー。九二分。監督　ムンドゥルツォ・コルネール。『チェンジリング』アメリカ合衆国。一四〇分。監督　クリント・イーストウッド。『デスペローの物語』アメリカ合衆国／イギリス。九〇分。監督　サム・フェル、ゲイリー・ロス、ロバート・スティーヴンヘイゲン。
一つ目の映画、『パリ20区、僕たちのクラス』を選ぶ。

パリ20区、僕たちのクラス（アントル・レ・ミュール）　フランス、一二八分
監督　ローラン・カンテ（出演　フランソワ・ベゴドー、ナシム・アムラブ、ローラ・バケラー）
二〇〇八年／カンヌ国際映画祭パルムドール／ドラマ
あらすじ　フランソワは、諍いの絶えないある地区の学校でフランス語を教えている。彼の生徒は十四歳から十五歳。フランソワは、エスメラルダ、スレイマン、クンバ、その他の生徒たちと、言葉とは何かという議論をすることになる。

映画は、ドキュメンタリーの様相をしたフィクション作品だ。登場するのは二十四人の子供たち。プロの俳優は一人もいない。彼らは、パリのフランソワーズ・ドルト中学校で義務教育を受けているのだ。

画面をクリックすると、映画が始まった。チャイムの音がして、教師が生徒たちを黙らせようと教卓を叩いている。カンヌ国際映画祭のパルムドールのロゴマーク。生徒たちが教師に質問をする。〈アントル・レ・ミュール〉。生徒たちの喧嘩。〈監督ローラン・カンテ〉（アン・フィルム・ドゥ・ローラン・カンテ）。中庭にいる生徒たち。〈フランソワ・ベゴドーの小説に基づく〉（リブルマン・アダプテ・デュ・ロマン・ドゥ・フランソワ・ベゴドー）。職員室で議論をする教師たち。〈パリ20区、僕たちのクラス〉。

生徒たちは、ウナイと同じ年頃だ。彼が僕の携帯に初めてメッセージを送ってきた日のことはよく憶えている。どれだけうれしかったことか。何か月ものあいだ、僕は彼にメッセージを送り続けていた。ありきたりの、用事を知らせるようなメッセージ。何時に着きそうだとか、何時に授業の復習をしようだとか。彼はもちろんそれを受け取ってはいたが、返事をくれたことはなかった。メッセージの内容はたいしたことはなく、「わかった」とか「じゃあそこで待ってる」といったたぐいのものだった。でも、彼がメッセージをくれたということこそが、僕にとっては本当に大事なことだった。

九月二日、父の体調が急変した。両親が連れ立って映画に出かけたのはそれが最後となった。家を出る前に、僕らは両親の写真を撮った。二人が一緒に写っている最後の写真だ。映画館からの帰り道に、父の具合が悪くなった。そして病院に運ばれた。膵臓炎だった。数日間の入院。そして集中治療室へ。僕らは毎日見舞いに行った。午前中に三十分、午後に三十分。たいていは父が僕らに、気分がふさいでいるときですら、何か話をした。

そうした見舞いのあるとき、父は、人生を振り返ってみて、満足していることと後悔していることが一つずつある、と言った。満足しているのは、海で過ごした長年のあいだ、一人の命も失わなかったことだった。最大級の波のなかをくぐり抜けようとも、乗組員は一人も命を落とすことなく、漁期が終わるたびに全員無事に帰ってきた。

ひとつだけ後悔していたのは、一度だけ、自分の父親に摑みかかったことだった。

16　フェイスブックのメッセージ

余命あと数か月というときに母を美術館へ連れていった祖父、通りの子供たちを集めて語り聞かせをしていた祖父、あの善良で心の広い人が、話に聞くところでは、フランコの反乱軍を支持したために刑務所に入っていたという。初めのうち、僕はそれをなかなか受け入れることができなかった。理解できなかったのだ。

けれども、あとになって、人生においては周囲の状況が重くのしかかってくるものだということ、そうした周囲の状況が人の決断を条件づけるのだということがわかるようになった。そして、その決断が間違っていることもありうるということが。

小説の構想を練り始めたとき、僕は祖父リボリオの人物像に惹きつけられると同時に、困惑を覚えた。僕の祖父が、フランコ側の蜂起、あれほどの虐殺をもたらした運動を支持することをみずから選んだのだ。もちろん、もう一人の祖父、母の父親について語ることもできた。イポリト・ウルビエタ、穏やかで思慮深い人で、他の数多くの人々と同じく、国民軍の兵士たちが町を占領する前夜、夜が明けないうちに、妻と娘たちを残して逃げていかなければならなかった。彼の妻、僕の祖母アンパロは、斧一つでイタリア人兵士たちに立ち向かったあの勇敢な女性だ。

イポリトについて語り、リボリオについては口を閉ざすこともできたかもしれない。だがそれでも、小説を書くときになって、僕はリボリオのほうにずっと惹きつけられた。彼の矛盾に満ちた人物像は、僕に無数の疑問を抱かせた。スペイン語もまともに話せなかった彼が、なぜ反乱軍に味方したのか？　弟のドミンゴが共和国側についたのを知っていながら、なぜフランコ側に回ったのだろう？　その決断を下すことになった本当の理由は何だったのか？

僕はけっしてその答えを知ることがないだろう。

けれども、あるいはまさにそのために、僕はリボリオの話を伝えなければならないと感じたし、幾度となく沈黙へと追いやられてきた現実を、僕自身が語りたいと思った。スペイン内戦は、バスク人同士の戦いでもあった。フランコ派の軍隊が攻め込んできたというだけではないのだ。現実に起こったことは、それよりもはるかに複雑だった。そして、僕はそれについて語る必要が、それを言葉にする必要があった。たとえ僕の目には間違った選択に思えたとしても、祖父のリボリオ・ウリベはフランコ側についたのだと、はっきりと言わなくてはならなかった。

リボリオが刑務所に入っていたとき、祖母のアナには一歳になる子供（僕の父）がいて、お腹のなかには叔父がいた。彼女は家にひとりきりでいて、刑務所に夫の面会に行くこともままならなかった。それについてはアナの妹、マリチュが受け持った。彼女が、食べ物や衣服を欠かさず差し入れてくれたのだ。

マリチュが話してくれたところによると、祖父は恨みを買ったために、地元で反感をもたれていたために刑務所に送られたとのことだった。その頃は、政治よりも悪意が幅を利かせていたのだと。王党派のリストに名前が載っていたために、密告されたのだ。

祖父の収監を命じたのは、鳥の調教師だったサンティ・メアベだった。

しかし大叔母によれば、リボリオは刑務所を脱出したあと、そのことについては何一つ知りたがらなかった。祖父がラリニャガ刑務所で命を助けた男、ホセ・マリア・メレルは、祖父が社会的によい地位が得られるよう手助けする、もし必要であればお金も援助すると約束した。しかし、リボリオは彼に一銭も援助を頼むことはしなかった。

北通り、当時のベラルデ司令官通り十二番地にある家は、船の余ったペンキを使って、ブエノスアイレスのボカ地区のように、各部屋が異なる色で塗られていた。

家には、祖父母と子供たちの他に二人の下宿人がいた。二人とも、日中はサトゥラランの刑務所で過ごしていた。一人はハビエルという軍人で、もう一人はカルメン、アストゥリアス出身の四人の娘だった。また、一家はカルメンの母親にも食べ物を差し入れていた。その北通り十二番地は、カルメンがオンダロアに初めて到着したとき、携えていたメモに書かれていた住所だった。

バスから降りて、男たちが一人余さず青い作業服を着ているのを目にしたカルメンは、びっくり仰天し、恐怖のあまり身の震えを抑えることができなかった。それが漁師たちだとは思い至らず、町全体がファランへ党員だと勘違いしたのだ。

「この住所に行って、ホシュパントニがいるか尋ねてごらんなさい」。ホシュパントニ・オサは、リボリオの母親だった。大柄で力持ちの女性で、僕の曾祖父と三度目の結婚をしていた。家には今も、彼女の写真が一枚残っている。曾祖母は港にいて、何人かの女性たちと一緒に漁網を修繕している。他の女性たちと比べると、ホシュパントニは頑丈な身体つきで、巨人と言ってもいいくらいだった。

ホシュパントニが逞しく、背の高い女性だったのにたいして、夫のほうはひどく小柄だった。曾祖父のホセは小男だったのだ。「俺は背が低いかもしれない、でもついには大女のホシュパントニと結婚できたんだぞ」と、彼は誇らしげによく言ったものだった。三番目の夫ではあったけれども、彼はそのことをとても誇りに思っていた。

なぜそういういきさつになったのかはわからないが、共産党はカルメンに、北通りのその家へ行くよう勧めたらしい。誰の紹介だったのか、誰が彼女をそこへ行かせたのかはわからない。

だが実際のところ、内戦の英雄の家でなくして、彼女が安全でいられる場所が他にあっただろうか。

ニューヨークに、僕の好きな小さな美術館がある。ニューヨーク近代美術館（ＭｏＭＡ）やメトロポリタン美術館ほど有名ではないけれど、ぜひとも行くべき場所だ。そこはいわば、人の尺度でつくられた美術館だ。建物自体が一つの家なのだから。セントラル・パークのすぐ近くにあって、実業家ヘンリー・クレイ・フリックが生前集めたコレクションが展示されている。ゴヤ、フェルメール、ターナー、モネといった著名な画家の作品が至るところにある。その美術館はかつての邸宅で、絵画はいくつもの部屋にわたって飾られている。サロンには、ジョヴァンニ・ベリーニによる《荒野の聖フランチェスコ》という作品がある。一四八〇年のその絵画には、聖フランチェスコが天啓を受けた日が描かれている。小鳥の言葉を解したあの聖人だ。聖フランチェスコは空を見つめていて、その傍らにはロバと羊の群れが、何も気づくことなく草を食んでいる。

だが、その作品でもっとも興味を惹くのは、片隅に見える紙片だ。風が聖人のあばら屋から絵の左のほうへその紙を運んでいったように見える。そして紙には〈ジョヴァンニ・ベリーニ〉と書かれている。作者自身の名前が、絵のなかに登場しているのだ。

その絵の細部に、僕は考えさせられた。小説の語りをどのようにして組み立てるべきか。僕の周りの人々について、僕自身が登場することなく、どうやって語ることができるだろう。僕は、祖父について、父について、母について語らなくてはならなかった。僕の世界を、紙の上に表現しなくてはならなかった。だが、どうすれば？　架空の名前をいくつかつくり出すべきなのか、それとも僕自身が、小説の語り手として登場すべきなのだろうか？

ベリーニの絵画は、作者の名前が作中に登場する唯一の例というわけではない。それよりも数年早い一四三四年、ヤン・ファン・エイクは彼のもっともよく知られた作品、《アルノルフィーニ夫妻像》のなかにある一文を挿入した。ファン・エイクは、その絵画に次のように書いた。〈Johannes de Eyck fuit hic 1434〉。一四三四年、ファン・エイクここにありき。このフランドル派の画家の作品は、彼の生きていた時代にあって真の革命となった。ブルジョワの夫婦の日常の光景が描かれたのは、それが初めてだったのだ。夫婦は寝室にいて、床には室内履きが脱ぎ捨てられ、子犬までいる。寝室の後ろの壁には鏡が、凸面鏡が掛かっていて、そこには夫婦の後ろ姿が映っている。例の一文が書かれているのはその鏡の上部だ。

ファン・エイクの鏡に触発されたディエゴ・ベラスケスは、一六五六年、《女官たち（ラス・メニーナス）》と呼ばれる有名な作品をつくり上げた。ベラスケスも鏡の遊びを用いているが、その手法は違っている。ベラスケスが大きく異なるのは、鏡に映っているのが、ファン・エイクの作品のように、絵画に描かれている場面そのものではないということだ。ベラスケスは絵を反転させている。そして、彼が描いているとおぼしき場面が鏡のなかに見えるが、それは国王夫妻の肖像なのだ。

事実、《ラス・メニーナス》に登場するのは国王夫妻の肖像画を描いているベラスケス自身と、その光景を見つめている王女とお付きの女官たちだ。ベラスケスはそうして、絵画の背後にあるものを描き、当時どのようにして絵が描かれていたか、その仕掛けを明るみに出している。それならば、僕は小説の背後にあるものを、小説を書く際のあらゆるプロセスを提示しなければ、と考えた。疑念や、迷いを。だが、その小説自体は、小説のなかに登場することはないだろう。読者はそれを感じ取るだけだ。《ラス・メニーナス》でベラスケスが描いている国王夫妻の肖像画を、観客が感じ取るのと同じように。

僕は架空(フィクション)の人物をつくり出すのではなく、現実の人々について語りたかった。

今年の夏、新聞にメリル・ストリープのインタビューが載っているのを見た。サンセバスティアン国際映画祭にやってきた彼女に、記者たちはこんな質問をしていた。「私たちにできる最良の質問と、その答えは何ですか?」女優は即座にこう答えた。「今、フィクションをつくることに意義はあるのか」。それが彼女にとって重要な問いだった。そして答えはこうだった。「本当のことを語るなら、意義はあります」

今年の九月十二日、作家のデヴィッド・フォスター・ウォレスがみずからの命を絶った。翌日になって妻が遺体を発見した。まだ四十七歳だった。フォスター・ウォレスは、千ページを越える作品、『インフィニット・ジェスト』で世界的に有名になった。彼はその小説のなかで未来について、これまでのように（例えば二〇〇八年というふうに）数字ではなく、スポンサーの名前が年号となる未来について語っている。「デペンド、年配者向けの下着の年」

　フォスター・ウォレスは革新的な人で、実験をこよなく愛していたが、生前最後に行なったあるインタビューでは次のように言っていた。「何より大事なのは、感情だ。書かれたものは生きとしていなければならない。うまく説明できないが、すごく単純なことなんだ。古代ギリシャの時代から、よい文学というものは、胃のあたりに何かつかえるような感じを覚えさせるものなんだ。それ以外のものは何の意味ももたない」

　フェイスブックに、作家のケヴィン・マクニールからのメッセージが届いていた。「残念ながら、その数日はシェトランド諸島に行くことになっていて町にはいないんだ」。マクニールはストーノウェイの作家だった。エストニアに行ったとき、アラン・ジェイミーソンが彼の本を一冊、詩と短いテクストが収められた本をくれたのだ。母の長年の希望を叶えるため、七月にストーノウェイに行くことにしたとき、僕はエディンバラにいるアランに連絡を取った。そこで、ストーノウェイで誰かに話を聞くことはできないだろうか、と尋ねてみた。町を案内してくれる人がいたら、その場所をより身近に感じられる気がしたのだ。

　アランの返事は迅速で、具体的だった。ケヴィン・マクニールに相談してごらん。

マクニールは、物語ることを窃盗と関連づけていた。書くことは、窃盗と同じぐらい刺激的で、危険な行為だというのだ。アランがくれた本のなかで、ケヴィンは、自分の父親は泥棒だったと語っている。恐ろしく手先の器用な人だったらしく、あまりに手の動かし方が素早いので、指を使ってスープを飲めるほどだったという。

ケヴィンはまだ若い頃、父親が年老いつつあるのに気づき、彼の職業について学びたいと思った。それで父親に、盗みの技を教えてほしいと頼んだ。父親はおおいに喜んで、ある家に息子を連れていった。

二人は鉄柵を越え、家に侵入すると、大きな櫃を見つけた。父親が言った。「そのなかに入るんだ、危ないことはない。一番高級そうな服だけを取ってくるんだぞ」。ケヴィンが入るやいなや、父親は櫃の蓋を閉め、窓から逃げていってしまった。その後、玄関の扉を叩く音がした。家中の者が目を覚ました。父親は鉄柵を越えて姿をくらました。

ケヴィンは櫃のなかで、音を立てることもできず、父親を罵っていた。だが、ある考えがひらめいた。彼は、ネズミが屋根裏で立てるような物音を真似し始めた。それを聞いた家主は、櫃のなかにネズミがいるかどうか見てくるようにと息子に言いつけた。家主の息子が櫃を開けた瞬間、ケヴィンは彼が手に持っていた蠟燭の火を吹き消した。そうして真っ暗闇のなか、櫃から脱出したのだった。

しかしケヴィンは、そこの家族が総出で彼を捜し始めるだろうとわかっていた。窓の外を見ると、下に池があった。彼は池に石を落とした。家の人々はその音を聞いて、泥棒が逃げてしまったものと思い込んだ。

こうして裏をかいて脱出し、自宅に戻ってみると、父親がケヴィンのことを待っていた。グラスを片手に、満足しきりだった。「お前は盗みの技を学んだんだ！」と言って、乾杯するためにケヴィンにもグラスを取らせた。その瞬間、彼は泥棒ではなく作家になろうと心に決めたという。

フェイスブックのメッセージは次のように続いていた。「年配の漁師たちと話してみたいと言うのなら、港の居酒屋に行くといい。だけど気をつけないといけないのは、看板にラウンジではなくバーと書かれているところに入ることだ。本物の漁師たちはラウンジにはけっして行かないからね。幸運を！」

僕らはケヴィンの言葉を信じて、ストーノウェイに行ったとき、看板に〈バー〉と書かれたとある居酒屋に入った。店の名前は憶えていない。外にはいかなる名前も書かれていなかった。赤く塗られた扉の横には、小さな貼り紙がしてあった。「この居酒屋は、お酒を飲むためだけの場所ではありません。新聞を読みに来られる方は歓迎します」。だが、店のなかには何か読んでいる人など一人もいなかった。客はもちろんお酒を飲んでいて、しかもそれは凄まじい飲み方だった。

ジェイミーソンは僕に、三冊の本を買うよう薦めてくれた。一冊はケヴィン自身の『ストーノウェイの道』。ストーノウェイで探してみたが、見つからなかった。そのかわり、スコットランドの古典的な作品『学校視察官の旅物語』を買った。ジョン・ウィルソンという教師が、十九世紀スコットランドの小さな町や村の学校を巡回したことが綴られている本だ。

ウィルソンはストーノウェイにもやってきた。彼は十九世紀の生活について詳しく語っている。ウィルソンの目からするとストーノウェイは大きな町で、事実、その島では最大の町だったのだが、よそからやってきた教師は、地元の生徒と意思の疎通をはかるのに大変苦労していた。子供たちはゲール語で話し、教師たちは英語しか理解できなかったからだ。

ストーノウェイで過ごした数日間、ウィルソンは奇妙な出来事に遭遇した。ストーノウェイから半時間ほど行ったところ、ルイス島の最北端には灯台があった。漁師たちは、灯台に昼間もずっと明かりがともっているのに気づき、不審に思った。彼らは、灯台守の身に何かあったのだろうかと心配した。そこでなかに入ってみると、灯台守は亡くなっていた。周囲の状況から判断して、強盗の仕業だった。灯台守の身に起こったことを、灯台そのものが知らせたのだ。あたかも犬が、飼い主の具合が悪くなったときに吠えてみせるように。

ウィルソンの本を読んでいて、ひどく驚いたことがひとつあった。スコットランド人は、トゥバルが話した言語はゲール語だったと信じているというのだ。僕らバスク人と同じように。

17　大西洋の真ん中で

船長はほとんど眠らない。長時間起きたままなのだ。僕のある友人の父親も、その夜はまさにそうだった。ベルメオの大きな船でアフリカ沿岸を航海していたときのことだ。夜も更けた頃、彼は船の針路を定めると、自動操縦装置をオンにして、三、四時間の仮眠を取るために船室へ向かった。

不測の事態にもすぐ対応できるよう、うつらうつらとしたごく浅い眠りだった。

船はゆっくりした速度で進んでいくはずだった。眠っていた彼は、何か思いがけないことが起きた気配にはっと目を覚ました。船が止まったのだ。大西洋の真ん中で、そんなことが起こるとはとても信じられなかった。

もしかすると自動操縦装置が故障して、船が波に運ばれ、海岸部まで来てしまったのかもしれない。しかし、船の止まり方は唐突ではなかった。停止するとき、大きな音もしなかった。もし海底の岩にぶつかったのなら、けたたましい音がするはずだ。甲板から目を凝らしても、夜の暗闇のなかでは何も見えなかった。岩も、陸地すらも視界には映らなかった。上には空が、下には海があるばかり。

舳先に近づくと、水中に何か黒いものが見えるのに気がついた。船を後退させてみると、船が止まった原因が判明した。

クジラが、真っ二つになって浮かんでいたのだ。

船乗りは我が目を疑った。クジラがそんなところで何をしていたのだろう？　なぜいつものように船の針路から離れなかったのか？　そのとき彼は、クジラは自殺したのだということを理解した。しかも、大海原の真ん中で。

飛行機は、クジラのように大西洋を横断しているところだ。座席の横を女の子が走り抜けていった。僕の肩にぶつかり、振り返って謝った。金髪で、眼鏡をかけていた。『リトル・ミス・サンシャイン』、僕はあの映画の主人公を思い出した。サンセバスティアンのプリンシペ映画館で観たのだ。ネレアとウナイ、僕の三人で。ウナイは子供向けの映画だと思って嫌がった。これを一緒に観るのよ、と母親が言い聞かせた。ウナイは機嫌を悪くしたが、結局三人でなかに入った。劇場に入ってみると、誰もいなかった。三十分も待たなくてはならなかった。何てことだ。映画館の入り口で揉めてしまったせいで、時間をよく見なかったのだ。待ち時間は思いのほか短かった。僕らはポップコーンを食べた。

ウナイは映画をとても気に入った。

今年の五月、〈バー・シックス〉という店でエリザベス・マックリンと七時に待ち合わせをしていた。五十九丁目で地下鉄のA線に乗り、三つ目の駅、十四丁目で降りた。〈バー・シックス〉は駅のすぐ傍だった。距離がよくわからなかったので、店には十五分早く着いてしまった。カウンターでビールを注文した。カウンターの端にあった新聞と雑誌のなかから、ニューヨーカー誌の最新号を見つけ出した。風刺漫画が見たかったのだ。

「こちらには何のご用で?（コモ・ウステー・ポル・アカ）」とウェイターが完璧なスペイン語で話しかけてきた。コロンビア人で、演技の勉強をしているとのことだった。僕の外見から、スペイン語がわかると判断したらしい。僕らは彼の故郷について、コロンビアの文学について話をした。

七時ちょうどになって、エリザベスが店に入ってきた。僕が店の人と話しているのを見て、「あっという間にニューヨーカーになったのね」と言った。

僕らは、ホセ・フェルナンデス・デ・アルボルノスとスコット・ハイタワーの家に食事に招かれていた。その家はニューヨークのグリニッチ・ヴィレッジ地区にある。二階建ての立派な建物だった。一階には居間とキッチン、そして部屋が一つ。小階段を上ると、二階には書庫が、そして書庫からはテラスに出る扉があった。

テラスからは、ニューヨークの夜景が、ビルの明かりが見渡せた。〈月の子供たち〉。詩人のロルカはそう呼んでいた。

その家はアンティークの家具や絵画でいっぱいだった。そうした絵画のなかには、ジャン・コクトーのデッサン画や、ピカソの版画もあった。「昔は蚤の市でピカソの版画が叩き売りになっていたんだよ」とホセは僕に言った。

ともあれ、彼らの一番好きな絵は居間に飾られていた。赤とオレンジ色をした絵だ。だが、その絵の一番よいところは、そこに秘められた物語だった。スコットは若い頃、リュックサックと一枚の絵だけをもって故郷のテキサスを出てきた。リュックサックには衣服と食べ物。絵はある友人のもので、困窮したときには売りに出すつもりだった。

彼がそれを売ることはけっしてなかった。

その題名のない絵画を見ながら、僕のこれまでの体験を他の何よりもよく表わしている絵はこれだと思った。祖父の絵がアルテタの壁画であったとすれば、そして父の絵がミエルの描いたロッコール島での拿捕劇であったとすれば、僕のお気に入りはスコットの友人が描いたというその油絵になるだろう。

スコット・ハイタワーは、ニューヨーク大学の英文学の教授だ。ホセ・フェルナンデスは医者で、アウロラ・デ・アルボルノスの甥だった。アウロラは内戦後、スペインからプエルトリコへ亡命した作家だ。

書庫を見せてもらっているとき、ホセはそこにあるなかでもっとも大切なものを手に取らせてくれた。詩人ガブリエル・セラヤに宛てられたネルーダの手紙だった。親愛の情のこもった手紙だった。ネルーダは最後に、セラヤに向かって、もしかしたらもう二度と会うことはないかもしれないが、それでもかまわない、と書いていた。どこかでチリ人とバスク人が出会うたびに、僕ら二人も再会するのだから、と。

パーティーには大勢の友人が集まっていて、ほぼ全員が作家だった。そのなかに、マーク・ラッドマン教授、詩人のマリー・ポンソとフィリス・レヴィン、映画監督のヴォイチェフ・ヤスニーがいた。

マークは僕に自分の妻の話をした。彼女は作家の世界の人間ではなく、数学者だった。「これ以上はないというほどうまくいっていますよ。彼女は僕にないものをもっているし、彼女にないものは僕がもっているからです」。僕は笑って、ネレアも数字を扱う仕事をしていると言った。そして、彼女は銀行で働いているのだと説明したあとで、ある顧客が、彼女のところへやってくるたびに、古い言葉の書かれた紙切れをもってくるのだという話をした。「もう長いことこの言葉を耳にしていないんだよ」と言って、ネレアに保管しておいてくれと頼むのだ。その人は引退した漁師で、単語、ことわざ、魚の名前をもってくる。お金を貯めておくための場所に、彼はそうしてかつて使われていた言葉を大切にしまい込んでいるのだ。

　詩人のマリー・ポンソは口数が少なく、他の人たちの話を黙って聞いていた。だが、彼女が口を開くときはいつでも、けっして忘れまいと思うような言葉が発されるのだった。

　マリーは年配の女性だった。若い頃フランスへ渡り、そこで結婚して、数年後に夫とニューヨークへ戻った。夫は結婚した当初から子供を欲しがっていたが、彼女は反対だった。母親にはなりたくなかったし、その必要性を感じたこともなかった。自由を失うことになると思っていたのだ。妊娠していたときも、特別な感情はなかった。しかし、娘が生まれてきてその顔を見たとき、いまだかつて経験したことのない感覚に襲われた。世界と一つになったという気がしたのだ。

　コスモポリタンの杯を重ね、友人たちに囲まれたその場で、ホセは、叔母の故郷であるスペインに旅して、そこで結婚するつもりだと打ち明けた。だが、スコットは同意していなかった。スペインでは同性婚が合法なのは承知だが、これまでどおりの関係を続けるほうがいい、というのが彼の意見だった。

　その後、話題は同性カップルの養子縁組へと移った。その流れで僕は、鳴き鳥を調教していたオレアという男の身に起こった出来事について話した。オレアは内戦後、サンティ・メアベの伝統を引き継いでいた。彼の調教の腕前はよく知られていて、ビスカイア県ではいくつもの賞を獲得していたほどだ。そのうえ、鳥にはきまって即興詩人（ベルチョラリ）の名前が付けられていた。

あるとき彼は、クロウタドリの雌をウタツグミの雄と掛け合わせることを思いついた。いまだかつて誰もしたことのない試みだった。その噂はすぐさま町中に広まり、大勢の人がオレアのところを訪れては、クロウタドリは卵を産んだかと訊いた。ところが、皆が思ったほど順調に事は運ばなかった。鳥たちの相性はよかったのだが、雌鳥がなかなか卵を産まないのだ。月日は過ぎ、春がやってきても、卵が産みつけられる気配は見られなかった。

そうこうするうち、訪問客の一人が、そのクロウタドリが雌ではなく、雄であることに気がついた。クロウタドリもウタツグミも、両方が雄だったのだ。

オレアはその失態を認めることができなかった。その地域ではもっとも名の知られた鳥の調教師が、クロウタドリの雄と雌を見分けられないなどということがありえるだろうか?

そこで彼は、カッコーの卵を鳥籠のなかに入れることを思いついた。カッコーの卵はどんな鳥の巣でも育つことをよく知っていたのだ。そうして、クロウタドリとウタツグミの鳥籠で、カッコーの子供が生まれたのだった。

スコットが、オレアに敬意を表して乾杯しようと言った。僕たちはコスモポリタンのグラスを高々と上げた。ヴォイチェフ・ヤスニーがカメラでその場面を撮影した。ヤスニーは自分の人生を記録することにしていた。八十二歳になるこのチェコ人映画監督は、自分の人生のドキュメンタリー映画を製作しているのだ。それは彼の人生と同じぐらい長くなることだろう。ボルヘスの語るあの地図、もっとも完璧な地図のように。あまりにも完璧なために、世界と同じ大きさをもつという。

パーティーは終わった。別れの挨拶をするとき、ヴォイチェフが僕にこう言い残していった。

「何事も無駄に起こりはしないんだ」

どんなことも記憶を蘇らせるきっかけになりうる。たとえば、匂い。洗剤の匂い。集中治療室にいる父を見舞うとき、つねにあの匂いが、洗剤の匂いがあった。それから何年ものち、ビルバオのあるレストランで洗面所に行くと、僕はあれとまったく同じ匂いを感じた。そして突然、ある言葉が脳裏に蘇った。「また手術をしても効果はないでしょう」。外科医の言葉だった。そのつらい言葉を家族とともに聞いたとき、僕が感じていたのはあの洗剤の匂いだった。

九月二十一日、父が検査を受けることになった。集中治療室に入ってから三週間近くが経過していた。僕らは毎日見舞いに行っていたので、容態の深刻さをつい忘れてしまいそうだった。あれほど重篤だった他の患者たちは心臓の手術をして、数日もすると病棟に戻っていった。けれども、父はそこに留まり、容態が好転する気配はなかった。医者たちが気にかけていたのはまさにそのことだった。

病気というのは、なかなか回復しなければ、しまいには悪化していく。

検査はいたって単純だった。ヨーグルトを食べさせるのだ。父はそれまで固形物を口にしていなかった。ヨーグルトを食べて、膵臓の反応がよければ、翌日には病棟に戻ることができると医者は言った。父はおおいに期待した。

しかし翌日、病院から家に電話がかかってきた。膵臓から出血し始めたのだ。手術する必要があった。生きるか死ぬかの瀬戸際だった。

母と伯母のマルガリータは、きっとうまくいくからと言いながら、手術室へ向かう父を見送った。看護師たちが父をストレッチャーに載せるとき、三人は子守唄の「聖アグネス（アマ・サンタ・イネス）」を一緒に歌った。悪い夢を見ないように、子供に歌って聞かせる唄だ。

アマ・サンタ・イネス
バルト・エギン・ドゥット・アメツ
オナ・バダ
ビション・パルテス
チャラ・バダ
ドアラ・ベレ・ビデス

（聖アグネスよ
昨日の夜、夢を見ました
よい夢ならば
私たちのものとなり
悪い夢ならば
そのまま消え去りますように）

父は二度と目覚めることがなかった。

その後、一度だけ父の夢を見たことがある。まだ亡くなってまもない頃だった。昏睡状態のひと月ののち、南風の吹く日、一九九九年十月二十八日に父は逝った。

夢のなかで、僕は普段どおり、港へ父を迎えに行った。トキ・アルギア号が帰港するときはいつもそうしていたように。だが、船を探しながら岸壁に沿って歩いていくとき、これはいつもの港ではない、何かがおかしいと感じて胸騒ぎがした。

ようやく、父の姿を見つけた。トキ・アルギア号の傍で、不安そうに待っていた。僕の顔を見て安心したようだった。

「みんな元気か？」と、父は心配そうに尋ねた。僕らだけを残していったことに心を痛めているのがわかった。

「ああ、元気だよ」と僕は答えた。

父はほっと息をついた。そして僕のことを抱きしめると、船に戻っていった。長い、長い抱擁だった。

そこで夢は終わった。その後、父が夢に現れることはなかった。あの抱擁が、父が生きているあいだには交わすことのなかった抱擁が、僕らの別れの挨拶だった。

18　ストーノウェイの男

ニューヨーク近代美術館（ＭｏＭＡ）には、何十ものピカソの作品がずらりと展示されている。もっとも注目に値するのは、間違いなくあの有名な《アヴィニョンの娘たち》だ。一九〇七年にピカソは、バルセロナのアヴィニョ通りにあった娼館に着想を得てこれを描いた。絵のなかに登場するのは、そこで放埒な生活を送る女性たちだ。この絵を描いたとき、画家はまだ二十五歳だったが、キャンバス上の顔のいくつかは上描きされ、もとは男の顔だったのが、のちに女のものに変えられたことがわかる。このピカソの作品はとてつもないエネルギーに満ち溢れていて、観る者はたちどころに心を奪われてしまう。

　この絵の向かい側には別の二つの作品があり、それらは見たところそっくりだ。一つはジョルジュ・ブラックの《ギターを持つ男》、もう一つはピカソの《私の可愛い人（マ・ジョリ）》。この二つの絵を見て、どちらが誰の作品か言い当てるのはほぼ不可能だ。同じ時代に描かれ、ある意味では同じ一つの手によって描かれたと言ってもよいのかもしれない。画家たちはどちらもキュビスムの可能性を追求していて、二人がそれぞれに生み出した絵はなんと同じだった。どちらがもう一方の作品に影響を与えたかはわかっていない。

しかし、この二つの絵は観る者の心にほとんど訴えかけてこない。冷たく、陰鬱なのだ。ある極致に達した技法、それ以外のことは伝わってこない。

僕は振り返って、ピカソの若き日の絵画をふたたび見つめた。この「娘たち(ドモワゼル)」は何かを秘めている。ピカソはカーテンを開け、その背後にあるもの、何か思いがけないものを見せようとした。そして、それは今なお観る者を驚嘆させる。技法的には完璧とはいえず、そのために当初は批判もされた。あのマティスですら、近代絵画への侮辱と受け止めたぐらいだ。だが、まぎれもない生のエネルギーがそこにはあった。

それに、絵を一目見れば、すぐにこれがピカソの作品だとわかる。だが、《マ・ジョリ》は違う。ピカソのものであってもブラックのものであってもおかしくない。

もしかしたらそれが理由で、ピカソは急進的なキュビスムを捨て、別の作風の絵を、より彩り鮮やかで、生き生きとした絵を描くようになったのかもしれない。第一次世界大戦後、人々はもう陰鬱なものを見たくなくなったので、その方向性は潰えたとピカソは語っていた。人々には、生きる喜びが必要なのだと。そうして、ピカソは人々の心を捉えた。

小さい頃、僕の家の居間にも《ゲルニカ》の複製画が掛かっていたのを憶えている。当時は、バスクのどこの家にも《ゲルニカ》があったはずだ。両親はそれにニスをかけていて、まるで本物の絵みたいに見えた。僕は、自分の家にあるのが本物の《ゲルニカ》で、友達の家にあるのは皆、その複製にすぎないのだと思っていた。

それが本物かどうかをめぐって、学校で友達と口論したことすらあった。結局、僕の家のは上からニスを塗ってあるだけで、他の家にあるのと変わらないのだと認めなくてはならなかった。だが、物事を本当らしく見せるためには、ほんのちょっとニスを塗るだけでときには充分なのだ、ということもたしかだ。ごくささいな細部が、物事を別物に変えてしまう。

ピカソがしてみせたのは、まさにそれだった。

海から帰ってくると、父はよく僕らをからかって不安に陥れたものだった。たとえ眠りにつく前であったとしても。父は僕らのいるベッドの縁に座って、でっち上げの話を語り聞かせた。たとえば、海に出るのは働きに行くのではなく、ストーノウェイという町に妻と、僕らみたいな四人の子供がいるから、彼らのところへ行っているのだという話。僕はとても眠れたものではなく、その父のもう一つの家族というのはどんな人たちなのだろう、どんな顔つきをしているのだろう、と必死に想像しようとした。

ストーノウェイはスコットランド北部、ルイス島の中心都市だ。母はその港へ、父があれほど頻繁にその名を口にしていた港へ、いつか行ってみたいと夢見ていた。

今年の七月、僕らは小さなプロペラ機に乗って、その地に降り立った。エディンバラから飛行機で一時間。機体が着陸体勢に入って下降していくとき、窓から緑の牧草地が見えた。樹が一本も生えていない泥炭地だ。

七月に入っていたにもかかわらず、僕らを迎えたのは雨風の冷たい悪天候だった。晴れ間を見つけて、僕らは港へ向かった。真っ先にすべきことはそれだった。ストーノウェイの港は、自然の地形を利用して造られていた。外側の埠頭にはフェリーや軍艦が、内側には漁船が係留されていた。そのとき港にあった漁船は五、六隻だろうか。何より僕らの目を引いたのは船の名前で、どれも楽観的なものばかりだった。幸運、大漁といった名前の船が並んでいたのだ。僕はすぐさま、父の船の名前を思い浮かべた。トキ・アルギア、「明るい場所」という意味だ。考えてみれば、それもロッコール島の周辺で漁をするのにぴったりな名前とはいえなかった。

僕らの泊まったホテルも、港のすぐ傍にあった。〈ソルリー・ゲスト・ハウス〉という名の宿だ。だが、僕らが到着したとき、そこには人の気配がまったくなかった。呼び鈴を鳴らしてみても、物音ひとつしなかった。

そうこうするうち、玄関ホールの小さな机の上に、ホテルの連絡先が書かれたカードが置かれているのに気がついた。そこにあった番号に電話をかけてみると、ホテルの主人が出た。「ウリべさん。お待ちしていたんですよ」と思いがけない返事が返ってきた。日曜日なので映画に出かけてしまったのだが、部屋の鍵は玄関の小さな机の引き出しに入っているとのことだった。宿では夕食を出しませんが、ロイヤル・ホテルのレストランで食事をとるといい、だから心配しないでください、と彼は言った。

ストーノウェイではどうしてもしなければならないことがあった。僕らはアンガス・マクリードという人物を探していた。弁護士のイシドル・エチェバリアが、彼と話すよう勧めてくれたのだ。ストーノウェイの港湾監督だった彼なら、当時の出来事をよく知っているに違いないという話だった。

僕らがもっていたのは、〈アンガス・マクリード、アミティ・ハウス〉と書かれた紙切れ一枚だけだった。

翌日、ホテルの主人に、アンガス・マクリードという名前の人を知らないかと尋ねてみた。彼の返事は、そのアンガス・マクリードなる人物がこの町の誰であってもおかしくない、ごくありふれた名前だし、苗字はなおさらだ、というものだった。主人の言うとおりだった。ガソリンスタンドも〈アンガス・マクリード〉なら、化粧品店も〈アンガス・マクリード〉だった。ともあれ、〈アミティ・ハウス〉については、その家は港のほうにあるから、そこへ行って聞いてみるといい、と教えてくれた。

彼の言ったとおり、その家はすぐ見つかった。呼び鈴を押すと、女性が応対に出てきた。アンガスの名前を出すと、彼女は笑って言った。「先生はもう引退しましたよ」。そこで僕らは、イシドル・エチェバリアに紹介されてバスクからやってきたのだと、うちの父はトキ・アルギア号という船で漁をしていたのだと説明した。

女性が僕らの目の前で電話をかけると、アンガスは即座に承諾した。「犬を散歩させているところですが、十一時半には救護センターでお待ちしているそうです」と彼女は言った。

僕らが救護センターに着くと、アンガスはもうそこにいて、他の救急隊員たちと入り口で話し込んでいた。彼は僕らを見るなり、まるで古くからの知り合いのように挨拶してみせた。そしてすぐさま、二階にある彼のオフィスへ僕らを連れていった。年老いてはいたものの、身体つきはしっかりしていた。階段には、十九世紀末以降に救出された船の写真が並んでいた。なかにはアレチナガコ・ミケル・デウナ号やガステルビデ号など、バスクの船もあった。ガステルビデ号は一九七〇年十二月十八日に難破した。船からは十四人の乗組員が救出された。

アンガスは、あるときテレビを見ていて、ガステルビデというレストランが出てきたのでびっくり仰天したという話をしてくれた。同じ名前の船のことを思い出し、「ぜひともそこで食事してみたいものだ」と思ったという。僕らは、実のところそこはレストランではなく、会員たちが自分で料理をする美食クラブなのだと説明した。

食べ物の話をしているうちに、彼は別の出来事を思い出した。バスクのある船が、無線が壊れたと言って助けを求めてきたときのことだ。ゴムボートで駆けつけると、船乗りたちはお礼にと食事に誘ってくれた。「豚足と腸詰めをご馳走になったんだが、これが頬が落ちるほど美味しくてね」。漁師たちの出してくれた料理があまりに美味だったので、あの船がまた何らかの災難に見舞われて、ストーノウェイの港へ立ち寄ることになり、あの絶品の豚足を味わう機会が来るのを心待ちにしていたという。

アンガスは、二十年前にロッコール島で漁をしていた船の名前をよく憶えていて、僕らの前で次々とそらんじてみせた。「あの頃はいい時代だった、活気があってね」。どうやら彼はその朝、犬の散歩に出かけていたのではなく、僕らとの会話に備えるために、家にいて古い書類に目を通していたらしかった。「我々が船を拿捕すると、彼らは何もしていないと、スコットランドの海域にいるとは気づかなかったと言うんだ。バスク人はみんないい人たちだったね。一時期は二十隻以上の漁船がストーノウェイの港に停泊していたこともあった。彼らとはいっさい揉め事がなかった。居酒屋でも和やかな雰囲気でね。イギリス人が来るときとは大違いだったよ、きまって大騒動が起きたからね」

アンガスは、南ヨーロッパからやってくるそうした漁師たちの仕事ぶりに驚嘆していた。「質のいい魚の獲り方をよく知っていたね。それにしても、彼らの漁法はあまりに単純なものだから驚きだった。網を沈めるのに大きな岩を使うんだ。ドイツやデンマークからやってくる機械化された船とはまるで違っていた。バスク人は、漁をするのに大げさな道具など要らなかった。網さえあれば充分だったんだ」

アンガスの夢は、カンタブリア海の沿岸部を一目見ることだった。少なくとも、僕らに語ったところではそうだった。彼の妻は鬱で調子を崩しているようだったが、彼女が元気になったらバスクに旅行するつもりだった。

不思議な成り行きだった。父の敵であったはずの人、バスクの船を拿捕したその男性が、今はバスクへ行きたがっているだなんて。僕らがストーノウェイを一目見るためにそこへ行ったのと同じように、彼も僕らの土地を訪ねてみたいのだった。

その前日の夜、僕らは宿の主人に勧められたように、ロイヤル・ホテルで夕食を取った。アンコウのオーブン焼き。食事の終わりに、母が思いがけないことをした。自分の日記から、いくつかの箇所を読み上げたのだ。母は、父が亡くなってから日記をつけるようになった。そうして、以後家族に起こった出来事を父にすべて語り聞かせていたのだ。「そんな目で見ないでちょうだい。手紙を書くのと同じくらい簡単なことよ」と母は九年前、そのことを僕らに説明するときに言った。彼女は聖地アランツァスに一人で旅をして、そこで日記を書き始めた。二〇〇〇年のことだ。

夕食の席で、母は最初の数ページを声に出して読んだ。

こうせずにはいられなかったの、あちこちであなたを探し回ったけれど、ようやくここで見つけられそうな気がします。自分でもどこへ向かっているのかわからないのに、どうしたらあなたを見つけられるかしら？　まずあなたを見つけ出して、それからわたし自身を探すことにします。なんだか自分自身が真っ二つに割れてしまったみたいなの。もう書き続ける気力もないので、また明日ね、ホセ。ずっとあなたを愛してきたし、これからも死ぬまで愛し続けます。あなたは私が最初に愛した人で、この様子だと、最後に愛した人になるのでしょう。

それではまた明日。

アンティグア

父が話していたもう一つの家族についてだが、僕らに似た人は見つからなかったと言わなければならない。

ウナイはサッカーが好きだ。地元クラブのユースチームでプレイしている。左サイドだ。プレイステーションにはサッカーのゲームがあって、それで何時間も遊んでいる。ゲームは、サッカーチームの通常の仕組みを反映している。優勝を目指して戦い、リーグ戦が終わると選手と契約を結ぶ機会がある。プレイステーションではヨーロッパ中のチームが名前を連ねていて、ヨーロッパでプレイしている選手たちはすべて使うことができる。プレイヤーはチームを一つ選んで、それを率いて戦うのだ。

ウナイはいつもチェルシーを選ぶ。チェルシーが一番好きだから、チェルシーのファンだから、と言うのだ。僕にはそれが残念だ。彼がバスクのチームのサポーターでないということが。「僕が君の歳の頃は、アトレティック・ビルバオを応援していたよ」と僕は、心理的にプレッシャーをかけようとして言う。「でもアトレティックはいつも負けてばかりだもん」と彼は言い返す。「僕はチェルシーがいい、チャンピオンズ・リーグで優勝するんだ」。僕はうなだれて彼の部屋を出る。

今日も部屋へ行ってみると、ウナイはプレイステーションで遊んでいた。「いいニュースがあるよ」とウナイはにっこり笑って僕に言った。「アトレティックでプレイしていて、あと少しでチャンピオンズ・リーグで優勝できそうなんだ!」僕は喜びを抑えきれなかった。ようやくこの子も正しい道に進んでくれた、と独りごちた。だがそのうち、アトレティックに黒人の選手が一人いることに気がついた。「これは誰?」と僕は訊いた。「見覚えがないけど」。「ドログバ。チェルシーのフォワードだよ。アトレティックに引き抜いたんだ」とウナイは答えた。「トーレスとメッシもいるよ。アトレティックも今じゃ世界一のチームさ」

これではっきりした。この子は僕の手に負えそうもない。

19　モントリオール

目的地までの飛行距離——七八五マイル
目的地までの飛行時間——一・四一時間
現地時刻——午後五時三七分
飛行速度——時速五二〇マイル
飛行高度——三五七〇〇フィート
外気温度——華氏マイナス六七度
ハリファクス、シクーティミ、モントリオール

フライト・アテンダントが行き来する気配で目が覚めた。朝食を用意しているところだ。レナ

ータはまだ眠っている。僕は階下の洗面所に行った。鏡で自分の顔を見てみる。思ったよりもゆっくり休めたようだ。個室のドアが開いて、〈リトル・ミス・サンシャイン〉と母親が出てきた。女の子は立ち止まって僕をじっと見つめた。母親が子供の腕を取り、階段の上へ連れていった。

僕は自分の座席に戻った。なんとなくルフトハンザ航空の雑誌を手に取って、商品のカタログを見始める。香水。カルヴァン・クライン。ONE。三九ユーロ／一三五〇〇マイル。イッセイ・ミヤケ。ロー・ドゥ・イッセイ・プール・オム。五七ユーロ／一七〇〇〇マイル。

四十六ページ、時計のセクションまで来たところで、ある広告が目を引いた。

Skagen Watch Leather Slimline
*****NEW*****

99 Euros/30.000 miles.

極薄のステンレス・スチールと最高級のレザー・ストラップの組み合わせ。洗練された流れるようなフォルム、スケーエンから届けられた不朽のデンマーク・デザインをお楽しみ下さい。クォーツ・ムーヴメント、三年間の修理保証付き。
素材：ミネラル・クリスタル
耐水性：3atm　サイズ：0134,1mm

北海とバルト海が合流するデンマークの岬、スケーエンは二つのことで知られている。一つはその地名を冠したデザイン時計だ。もう一つは、一九〇〇年頃にそこで生まれた絵画の流派だ。二つの海が混じり合うスケーエンの海辺では独特の光が生じるので、それをキャンバスに捉えようとする画家たちがやってくるようになった。ミハエル・アンカーとアンナ・アンカー、そしてP・S・クロイヤーだ。こうした画家たちについて書かれた本を読んでいて、僕は次のような文章を見つけた。

スケーエンは、船がよく難破することで有名だった。難破を引き起こすために、地元民たちが岩の上で篝火を焚いているのだと信じられていた。貨物船の操縦士はその火を家々の明かりだと思い込み、海岸に近づく。それが過ちのもとだった。船は岩に衝突し、沈没してしまう。

スケーエンの住民たちはそうした難破を利用して、必要な物資を入手していた。

オーレ・クレスチャン・ロン判事は、首都コペンハーゲンでの生活を捨てて、辺境のスケーエンに隠居した。十九世紀初頭、より正確には一八〇三年のことだ。海沿いに十ヘクタールの土地を買い、そこに育ちの早い樹々を植えた。楡、ポプラ、柳の樹々を。

ある夜、彼は難破船の生存者を家に泊めてやった。真夜中に扉を叩く音がし、死にかけたその男をどうか助けてやってほしいと頼まれたのだ。遭難者はアメリカ人で、サウスカロライナからやってきた貨物船の船長だった。船は綿花と米を積んで、バルト海を渡っていたところだった。

男の容態が回復すると、ロンは自分の植えた樹々を見せるために彼を連れ出した。そしてどのように世話をしているか説明した。会話の途中で、難破が起こった海岸で見つけた綿花を船長に見せて、この植物はどのように栽培されているのかと尋ねた。船長は、アメリカ合衆国南部の温暖な土地には巨大な綿花のプランテーションがあること、綿花を摘むのは大変な重労働で、アフリカから連れてこられた奴隷がそこで働いているということを説明した。

船長はすっかり体力を取り戻し、ふたたび故郷に向けて出発した。別れの場面で、船長はロン判事に、命を救ってもらった恩は一生忘れない、どうしたらこの恩に報いることができるだろうかと尋ねた。

「南部の奴隷を一人もらうのも悪くないかもしれんな。この土地を全部自分で管理するにはもう歳を取り過ぎているものだから」と判事は半ば冗談で答えた。船長は笑い、そして警備隊に付き添われて去っていった。

オーレ・クレスチャン・ロン判事は船長との会話をすっかり忘れていたが、ある朝、三本マストの帆船が海に浮かんでいるのを見かけた。帆船から海上にボートが降ろされ、四人の男が二手に別れて漕ぎ手となり、陸へ近づいてきた。舳先にはつばの大きな帽子をかぶった男が立っていた。その男は何かを肩に担いでいる様子だった。

ボートが岸に着いたとき、オーレ・クレスチャン・ロンはその男が黒人であることに気がついた。

「船長の命を救っていただいたお返しとして遣わされました」と男は、挨拶を交わすやいなや説明した。クレスチャンはにわかには信じられなかった。あのアメリカ人船長が、奴隷を一人送ってよこしたのだ。彼が携えてきた短い手紙には、「アメリカ合衆国サウスカロライナから、奴隷のジャンをお送りします」と英語で書かれていた。

そうしてその地に初めてやってきた黒人は、ジャン・レトンと呼ばれた。地元民たちにとって、レトンは悪魔そのものだった。そして、その思い込みは町中に広まった。彼が肩に担いでいたのは猿のジョッコで、それもまた船長からの贈り物だった。

判事はレトンを温かく迎え入れ、自由の身にしてやると、一緒に樹々の剪定をして働いた。しかし、町での反応は正反対だった。彼は豚も同然の扱いを受けた。地元の船乗りたちは、彼に言葉をかけようともしなかった。居酒屋へ行って誰かと話そうとすれば、その場にいる全員に酒を振る舞わなくてはならなかった。

彼は一八二七年、五十六歳でこの世を去った。判事が亡くなる一年前のことだ。スケーエンで語り伝えられているところによると、村人たちは彼が死んでも墓地に埋葬させなかったという。その「悪魔」の亡骸を墓地に入れてはならなかった。そのため、彼は海辺にある二つの大きな砂丘のあいだに葬られた。

町に伝わっている話はこのとおりだが、言い伝えは実際に起こったこととはかなり隔たっている。少なくとも、教会に残された文書を見るかぎりでは。そうした資料には、レトンはキリスト教の儀式に従って埋葬されたとはっきり書かれているのだ。

すると、砂丘のあいだに埋められたというのは根拠のない作り話ということになる。だが、砂丘の話はどこから出てきたのだろう？　単なる空想なのか？　それにしてもなぜ村人たちは、ジャンの遺骸は海辺にあると固く信じ込んでいるのだろう？

砂丘に埋葬されたというのは、記憶の間違いにすぎない。おそらく、ジャンは悪魔に違いないと信じられたことによって混乱が生じたのだろう。実のところ、砂丘のあいだに埋められたのはスケーエンにやってきた最初の黒人、ジャン・レトンではなかった。二つの砂丘のあいだに眠っているのは彼ではなく、いたずら好きの猿ジョッコだったのだ。そこから勘違いが生まれた。

今日、オーレ・クレスチャン・ロンの土地は大きな公園になっていて、週末になると大勢の人が、ロンの植えた樹々に安らぎを求めてやってくる。

ロッコール島の漁場は、五十六番区域と呼ばれている。島をなす岩とセントキルダ島のあいだの海域だ。そこで一九七九年から引き網漁船が漁をするようになった。ロッコール島付近で活動していたその時期のことを尋ねると、年老いた船長たち、レオン・イトゥアルテとパコ・ウランガは躊躇なく、「あの頃はよかった」と言い切った。八月に、僕はムトリクの港でその二人に会った。レオンは僕の父と同じ会社で働いていたが、トキ・アライ号という別の船に乗っていた。パコはレゴルペ号の船長だった。

最初のうち、ロッコール島まで漁に出ていた船は三、四隻にすぎなかった。漁場地図すらなかったのだ。存在したのは航海用の海図だけだったが、それではどこに浅瀬があり、岩があり、魚がいるのかわからなかった。漁師たちは自分たちで地図を作るほかなかった。僕自身、父が家で地図を作っていたのを憶えている。赤、青、黒のマーカーを使って、あの海域の水底を想像しながら線を引いていったのだ。

「君の父さんは漁の腕も一級だったが、嘘をつくことにかけても天才的だったな」。三、四隻の船しかいなかったその当時、朝の八時と夕方の六時には無線装置の周波数を合わせて、船同士で連絡を取り合うのがつねだった。他愛もないおしゃべりをしたものだったが、各船の水揚げ量についてとなると、話は別だった。

「君の父さんはずる賢くてね。あんまり嘘をつくものだから、一度は他の船の皆で示し合わせて、無線では何も言わないことにしよう、奴に何か訊かれても黙っていようということにしたんだ。どこで漁をしているか教えてやるものかとね」とパコは教えてくれた。

父がいつものように無線装置を付け、他の船の様子を尋ねても、誰も返事をしなかった。「だが口が上手いもんだから、すぐにレオンから船の位置を聞き出してしまった。人との話し方をわきまえていたな」。そこで彼らの復讐は頓挫した。

「でも実際のところ、彼は正真正銘の海の男だった。あるとき、フランス沖で大波に襲われて、ブリッジが壊れてしまった船がいてね。船長はブリッジもろとも海に飲み込まれてしまった。そこで、船は無線も標識灯もなしに漂流していた。君の父さんがその船を見つけて、救助隊に知らせたんだよ」とパコは打ち明けてくれた。

無線の話を聞いているうちに、小さい頃の思い出が脳裏に蘇った。父は僕ら子供たちとある遊びをしていた。父が無線で電話をかけてきて、どれくらい魚が釣れたかを伝える。ただし、それは誰もが聞くことのできる状態だった。というのも、海では船長たちが無線を互いに傍受していたからだ。

そこで父は暗号を使った。その暗号を知っているのは父と僕らだけだった。仕組みはいたって単純。たとえば、紙にこう書くとする。

FIDEL CASTRO

次に、それぞれの文字の下に、獲れた魚の箱の数を小さいほうから順に書いてゆく。Fの下には一千箱、Iの下には一千百箱、Dの下には一千二百箱といった具合に。こうして、Oの下には二千箱という数字が来る。

「父さん、漁の調子はどう？」と訊いて、父が「オリオ（Orio）」と答えると、僕らは狂喜した。船は二千箱の魚をいっぱいに積んで帰ってくるのだ。

ロッコール島では、何もかも新しく考え出さなければならなかった。グラン・ソルの漁場で使っていたのと同じ網を持っていっても役には立たなかった。すぐに穴だらけになってしまうのだ。漁師たちは、縄から解けてきた糸を切り取って、それを一本一本、網の底の部分に縛りつけた。そうすれば、網の傷みを少しでも抑えることができた。ニシマトウダイ、タラ、アンコウを獲るときにはそうした。けれども、カサゴを獲るためには珊瑚の生息している海域に行かなければならず、そこではもはやどうしようもなかった。網は必ず裂けてしまう。そこである船長は、袋にボールを入れて網と一緒に沈めることを思いついた。そうすると網は海底につかず、破れることもない。「皆いつもそうやって工夫していた。だがね、港に着くと、他の誰彼が何やら同じ仕掛けを使っているのに気がつくんだ。向こうじゃ誰も教えてくれない。それで陸に上がってみると、網はどれも穴だらけになっている。そこで、古参の船長たちにしてやられたってことに気がつくのさ」

かつての航海図は、今や無用の長物と化してしまった。現代の船長たちはCDに入った地図で、海底の地形を確認する。だが、魚はどこにも姿を見せない。「ロッコール島は、魚の産卵に適した場所じゃない。魚はそこを通り過ぎるだけなんだ。魚は鳥と同じ動きをする。鳥と同じように移動していくんだ。わしらは、一年のどの季節に、どの日に何の魚がそこを通るかちゃんとわかっていた。たとえば、五月はアンコウの季節だ。だが、今じゃ魚の移動の仕方が変わってしまったんだ。あそこの海にはもう何もいないよ、わしらの使った古いロープが残っているだけさ」。最盛期には、オンダロアから二十隻以上の船がロッコール島へ向かったものだが、今ではたったの二隻だ。ラゴルペ号とキリスキ号が最後に残った船だった。

ロッコール島付近の海、とくに島の南西は苛酷な環境だ。朝から晩まで働き詰めなのだ。けれども、他のことをする時間ももちろんあった。パコはあるとき、足を骨折して町に帰ってきたことがあるという。仕事中の事故ではなかった。アイルランドに寄港して、地元の若者たちとサッカーの試合をしたのだ。漁師たちとアイルランド人、どちらが勝ったのか、パコは忘れてしまっていた。だが、足を骨折して帰ってきたことはたしかだった。

「船の位置が安定していると、水揚げ量も多いんだ。ふらふらと浮かんでいるようじゃいかん。だから重さが重要なんだ。船が重ければ重いほど、魚はたくさん獲れる。舳先が船尾よりも上がっていたり、逆に舳先が下がっていたりすると、魚は獲れない。人だって同じだ。足取りはしっかりしていなくちゃならん。船もそうだ。そうでなくちゃ魚は獲れない」。レオンはこう言った。僕は今書いている本のことを思い浮かべ、書くためには自信が必要なのだと思った。怖れや不安を捨てることが。「怖かったら、海になど行くもんじゃない」

彼らが会話を締めくくったそのやり方に、僕は身震いを覚えた。パコは別れ際に、ロッコール島で漁を始めた初期の船長たちの名前を、まるでサッカーチームのスターティング・メンバーのように、ともに戦場へ行った兵士たちのように列挙してみせたのだ。彼は一人ずつ名前を挙げていった。「フスト・ラリナガ、ホセ・ウリベ、アグスティン・アギレゴメスコルタ、レオン・イトゥアルテ、パコ・ウランガ、ホアキン・ウルキサ、フアン・マリ・セラヤ、ルシアノ・パス……。あの海にいたのはわしらだった」

二〇〇六年三月二十四日、ETA停戦のニュースを僕はマドリードで知った。ある友人が携帯に電話をかけてきたのだ。彼は大喜びで、「ずっと夢見てきたことが、ついに現実になったんだ」と言った。

その電話がかかってきたとき、僕はマドリードのビルバオ・ビスカヤ・アルヘンタリア銀行（BBVA、旧ビルバオ銀行）本社にいた。ちょうど、アルテタの壁画を前にして。絵は古びていて、円形のホールの中央でそれを見つめていたのは僕だけだった。銀行の幹部たちが急ぎ足で行き来していたが、彼らの頭のなかにあるのは別の何事かだった。

停戦のまさにその日に、バスティダが設計した建物のなかでその壁画を見ていたというのは、見事な偶然だった。

そのとき、僕はアルテタ自身と同じく画家であったアルエ兄弟と、社会党員だったトマス・メアベとのあいだにあった出来事を思い出した。晩年のトマス・メアベは、結核にかかり無一文になってマドリードにいた。アルテタとアルエ兄弟は自分たちの絵を売って、苦境にあったメアベを金銭的に援助した。皆、イデオロギーこそ違っていたが、互いに尊敬し合っていたのだ。

そこでやはり脳裏に浮かんだのは、祖母のアナが内戦中に下宿させていた人たちについて、マリチュおばさんが口にした言葉だった。「頭で考えることと、心で感じることは別物なのよ」。僕はずっと、マリチュおばさんの言ったことは間違っていると思っていた。戦争の真っ只中で、そんな言葉はきれいごとにすぎないと思ったのだ。家に下宿人を受け入れたのには、感情よりもお金の問題が大きかったはずだ、と。しかし、間違っていたのは僕のほうだった。あの日、ほんの一瞬であったとしても、大叔母のあの言葉が圧倒的な意味を帯びた。心で感じることこそが、頭で考え出されたどんなことよりもはるかに大切だった。

ある十一月の雨の日のこと、ベラルデ将軍通りの、リボリオ・ウリベが住んでいた家の前に黒塗りの高級車が停まり、小男が降りてきた。車から降りるときに水たまりに足を踏み入れてしまい、スーツの裾が濡れた。道路を舗装し直すために古い石畳が取り除かれていたので、雨のせいで辺り一面はぬかるみと化していた。ホセ・ルイス・メレルは、ラリニャガ刑務所から逃げ出すときに命を救ってくれた恩人に、最後の別れを告げにやってきたのだ。

祖父のリボリオは、喉にできた腫瘍がもとで、長い闘病の末に亡くなった。夜になると死の恐怖に取り憑かれて、一緒の部屋で寝てほしいと父に頼んだ。それから数時間して、祖父が眠りにつくと、父はそっと部屋を抜け出して、母のいる寝室へ向かった。まだ新婚だったのだ。けれども、すぐに祖父が不安で目を覚まして父を呼ぶ。父はベッドから起き出して祖父のところへ戻り、彼が落ち着いてふたたび眠りに落ちるまで付き添っていた。

リボリオが床に臥せっていたその長い日々、僕の母方の祖母アンパロがいつも見舞いにきていた。アンパロは自他ともに認めるバスク・ナショナリストだったにもかかわらず、リボリオの傍に座って、フランコ派の新聞を読んでやるのが午後の日課だった。祖母がまるで子供のように、音節を区切ってゆっくりと新聞を読み上げている様子が今も目に浮かぶ。時々、アンパロは読むのをやめて、リボリオに喧嘩をふっかける。「あんたの仲間たちはなんて嘘つきなんだろうね。こんなろくでもないものを読んであげるのはもうこれっきりだよ」。リボリオは目でにっこりと微笑んでみせる。アンパロは冗談で言っているとわかっていたのだ。明日の午後もアンパロは必ずやってきて、新聞を読んでくれると彼にはわかっていた。

リボリオはあの十一月の雨の日に逝った。葬儀代を全額支払ったのはホセ・ルイス・メレルだった。

20　ボストン

目的地までの飛行距離――一九五マイル
目的地までの飛行時間――〇・三三時間
現地時刻――午後六時四〇分
飛行速度――時速五一六マイル
飛行高度――三四〇〇〇フィート
外気温度――華氏マイナス四七度
ボストン、フォールリヴァー、ハートフォード

今、ボストンの上空を飛んでいるところだ。二〇〇六年の春、僕はエリザベス・マックリンと

ケンブリッジで講演をした。僕らはバスク語と英語で詩を読んだ。朗読の最中に大学生たちがメモを取っていたのが不思議だった。ケンブリッジに滞在するあいだ、エリザベスはハーヴァード大学にあるガラスの花を見に連れていってくれた。

一八八六年、ハーヴァード植物学博物館の館長だったジョージ・リンカーン・グッデールはドレスデンへ向かった。彼には心配事があった。当時、植物学の授業ではドライフラワーを使っていたのだが、それでは花の美しさが伝わらなかった。紙粘土やロウでレプリカも作ってみたが、必要な条件を満たさなかった。リンカーン・グッデールが求めていたのはもっと別のものだった。

そこで彼は、海の無脊椎動物のレプリカを作っている職人の一家がドイツにいることを知った。そのブラシュカというガラス職人の一家に会うことが、ドレスデン行きの目的だった。

レオポルドとルドルフというその親子は、彼の依頼にじっと耳を傾けた。グッデールは職人の家でガラス製の植物を目にし、期待はさらに高まった。

しかし、親子は首を縦に振らなかった。無脊椎動物を作るので精一杯だったうえに、父親の意見では、ガラスで植物を制作するには問題が山積みだった。何度も挑戦してきたが、いつも思いどおりの仕上がりにならなかったのだ。そこにあったレプリカは、彼が作りたかったから作ったもので、その後ベルギーのある博物館に売却したのだが、その売買については嫌な思い出があった。ほんのわずかな金額でしか売れず、しかも博物館はまもなくして火事で焼けてしまったのだ。

しかしグッデールは諦めず、ガラスの花は科学の進歩のためにどうしても必要なのだ、と説得した。彼の熱意にほだされて、ブラシュカ親子はいくつか試作品を作ってみると約束した。

試作品が完成すると、郵送でアメリカ合衆国へ送られた。しかし不運なことに、税関で開封されたときに、ガラスの花は粉々に砕けてしまった。だがそれでも、ブラシュカ親子の仕事ぶりは非常に繊細で、あまりに美しかったので、大学でその花を目にした誰もが、これしかない、花の美しさを伝えるにはガラス細工が一番だと認めた。

ハーヴァード植物学博物館の名誉会員だったエリザベス・C・ウェアと娘のメアリー・リーは、その植物の虜になった。すっかり魅了されてしまったのだ。そして館長のグッデールに、ドイツの職人と一刻も早く契約を結んで、できるだけたくさんのレプリカを作ってほしい、お金のことが問題なら、必要な資金はすべて自分たちが用意するから、と懇願した。

ブラシュカ親子は、ハーヴァードからの依頼を承諾した。ただし、一つ条件があった。植物を作るのは半日だけ。残りの半日は以前からの顧客の注文に応えるために確保しなければならなかったからだ。

当初、助成を受けた期間は限られていたので、一刻も早く取りかかる必要があった。まずは、花の種類を選定することから始まった。

職人たちがみずから育て、参考にできるようにと、選ばれたリストに載っている花の種がアメリカからドイツに送られた。だが、それがすべてではなかった。異国産であったり熱帯性であったりして、ドイツでもハーヴァードでも入手できない植物がたくさんあったのだ。レオポルド・ブラシュカは、そうした花々がピルニッツ宮殿の植物園にあることを突き止めた。そこは王室の人々だけが観賞することのできる秘密の花園だった。だが、レオポルドは花を観察する許可を得ることに成功した。

一八八七年四月、最初の見本が二十点、アメリカに送られてきた。前回は税関での苦い経験があったので、包みは大学に着いてから、税関職員の前で開封するよう申し立てた。当局はそれを受け入れた。

ブラシュカ親子は、植物をどうやって送るべきか心得ていた。レプリカは、厚紙でできた土台にケーブルで縛り付け、壊れやすい部分はティッシュペーパーでくるんだうえで、段ボールのケースに入れた。そうした箱がいくつか用意できたところで、さらに大きな木箱に入れ、ケースのあいだには藁を詰めた。こうすれば、段ボールのケースがぶつかり合うことも、木の板に当たることもない。そして最後に、大きな木箱の蓋を閉めて、全体が収まる巨大な袋に入れた。出来上がった包みは、人の身長ほどの高さがあった。

それから三年が経った頃、彼らは作業が大幅に遅れていることに気がつき、半日ではなく一日中をガラスの花作りに費やすことにした。一八九〇年四月十六日、ブラシュカ親子とグッデールは新たな契約を結んだ。十年間で作業を終わらせなければならず、そのあいだは別の仕事を引き受けられないことになった。出来上がった植物は半年ごとにアメリカに送る決まりで、費用はハーヴァードがすべて負担した。

一八九五年、ルドルフ・ブラシュカが熱帯の植物を間近で観察するためにジャマイカに滞在していたとき、父親のレオポルドが亡くなった。息子はたった一人で、残りの作業に立ち向かわなければならなくなった。彼は一九三六年に仕事をやり遂げた。

ある時期、彼らの植物の作り方に関していろいろと噂されたことがあった。そのことについて、レオポルド・ブラシュカは次のように書いている。「多くの人は、植物を作り出すための特別な機械があるのだと思っている。だが違う、私たちの秘密は触覚だ。ルドルフは私よりも優れた触覚をもっている。それは世代を経るごとに洗練されてゆくものだからだ。ガラス職人の名匠になる方法は一つきりしかない。ガラス細工をこよなく愛する曾祖父をもち、その曾祖父がやはりガラスに愛着をもつ息子をもち、同じようにして彼の息子がガラスに心から魅せられていることだ。そして最後に自分自身が、彼らの後継者として腕を磨かなければならない。それだけの遺産を受け取っても成功しないのなら、責任は自分にある。しかし、何代にもわたる伝統をもっていないのなら、努力したところで無駄だ。私の祖父はボヘミアでもっとも有名なガラス職人で、八十三歳まで生きた。父も同じぐらい長生きした。私もできることなら、その齢になるまで手に震えを感じることなく仕事に精を出したいものだ」

それ以外に秘密は存在しなかった。

今日、ガラスの花はハーヴァード自然史博物館で、ガラスのショーケースのなかに展示されている。近くからじっくりと眺めても、本物と見分けがつかない。

僕はネレアに、ハーヴァードにあるガラスの花の驚異について話した。「さぞかし美しいでしょうね。でも一つ難があるわ」と彼女は言った。「匂いがしないもの」


レナータが目覚めて、イヤホンを外した。イヤホンからはオペラの曲が聴こえる。モーツァルトの『フィガロ』だ。

パルロ・ダモール・ヴェリアンド
パルロ・ダモール・ソニャンド
アラックア、アロンブレ、アイ・モンティ
アイ・フィオーリ、アッレルベ、アイ・フォンティ
アッレーコ、アッラーリア、アイ・ヴェンティ
ケ・イル・スオン・デ・ヴァーニ・アッチェンティ

ポルタノ・ヴィーア・コン・セ
エ・セ・ノン・オ・キ・ミ・オーダ
パルロ・ダモール・コン・メ

（ぼくは目覚めながら恋を語り
夢見ながら恋を語る
水に、影に、山々に
花に、草に、泉に
こだまに、大気に、風に
でも風はむなしい言葉の響きを
運び去ってしまう
そして誰も聴いてくれる人がいないと
ぼくは自分に恋を語ってしまう）

フライト・アテンダントが乗客に紙を配っている。レナータは受け取らない。僕はいくつかの質問が書かれた紙を二枚渡された。一枚はビザ申請の緑の紙、もう一枚は税関用の白い紙だ。

「よく眠ったわ」と、コーヒーを飲んでからレナータが言った。「あとほんの一時間で到着ね」

「僕も、思ったよりも短かった気がします。話していると時間の過ぎるのが早くて」

「そういえば、さっき話していたことだけど、一つ聞きそびれたことがあるの。〈二人の友達（ドス・アミーゴス）〉のもう一人が誰か、突き止められた?」

「それを話したらきっと笑いますよ。結局はたいしたことじゃなかったんです」

緑色の質問表に、アメリカ合衆国で滞在することになる住所を書く欄があった。「NY一〇〇一九、ニューヨーク市コロンバス・サークル十番地12C号室」。カルメンチュ・パスクアルの家だ。

カルメンチュは、十四歳でバスクを離れた。サンセバスティアンをあとにして、母親と一緒にニューヨークへやってきたのだ。一九五〇年代の苛酷な時期のことだった。ニューヨークでは、デザイナーの叔母が二人を待っていた。バスク自治州政府の初代首班でニューヨークへ亡命したホセ・アントニオ・アギーレと、彼の秘書を務めたヘスス・ガリンデスのスーツを仕立てたという人だ。カルメンチュは十四歳で旅立ち、それから今もアメリカに住んでいる。

彼女の家に泊めてもらうときは、毎朝一緒に朝食をとる。窓からはニューヨークの街並みが見える。車や人々が行き来する。カルメンチュは一人暮らしだ。子供たちは成人し、彼らには彼らの生活がある。

「ここでは、誰も挨拶してこないのよ」とあるとき、朝食をとりながら彼女は言った。「それも当然ね。こんな大都会で、同じ人にまた出くわすことなんてありませんもの」。彼女はプロの翻訳家だ。引退したらサンセバスティアンに帰りたいの、と彼女は僕に言った。

というのも、ニューヨークに住んでいても、故郷のことが忘れられないからだ。何か間違いをすると、「このところ、イガラブル家のマルティナの驢馬みたいな調子なの。荷車を引きどおしで」とよく言っていた。

カルメンチュはサンセバスティアンに戻ったら、長年の夢を実現したいと思っている。バスク語を勉強するのだ。彼女のバスク語の知識はごくわずかだったが、なかでも「ゴシュア」という単語をよく使った。その言葉だけを、彼女はしっかりと記憶していた。彼女の考えでは、それが意味することこそが人生でもっとも大切なことだった。「甘美」や「優しさ」、そして「喜び」が。

ドス・アミーゴス号の名前の由来を僕が知らなかったのはなぜか、ようやく謎が解けた。父方の叔父であるサンティとチョミンと一緒に釣りに出かけたときのことだ。彼らのボート、唇に釣り針号（アム・エスパニン）に乗り、レケイティオのほうへ、サグスタンと呼ばれる入り江に向かった。イラバルツァという岩の辺りまで来たところで、叔父はエンジンを切った。

「ここに、じいさんが教えてくれたタラの釣り場があるんだ。だが、人に教えたらいかんよ、家族の秘密なんだから」

そのタラの釣り場、ウリベ家に伝わる最大の秘密は、バスティダとその家族が最初の短編映画『海の人々』を撮影した場所の目の前にあった。

叔父たちは二人とも手練の漁師で、若い頃は二隻の小型沿岸漁船に乗り込み、ベネズエラまで航海したこともあった。サンティはサグスタン号、チョミンはビリャ・デ・オンダロア号の船長だった。一方が先を行き、もう一方がそのあとを追いかけた。カリブ海までどうやって辿り着いたのかと尋ねてみると、サンティは、星を見ながら、あとはコロンブスが書き残したことに注意しながら行ったのさ、と答えた。彼らもまた、カナリア諸島からキューバまで吹き渡る貿易風に乗って航海したのだった。

ベネズエラでは漁業許可を得ることができたが、一つ条件があった。釣り餌はベネズエラ国内で買わなければならないというのだ。ところが彼らからすると、そこの餌はあまり質がよくなかったので、小魚を獲ってかわりに餌にすることに決めた。

彼らは仕事を終えて、眠りについた。腹に銃口が当てられたのを感じて、サンティ叔父さんは目を覚ました。目を開けると、簡易寝台の横に軍人が立っていた。軍人たちは叔父たちを捕虜にし、船を港へ向かわせた。だがその途中で、彼らは引き網漁船の姿を遠くに認めた。イタリアの漁船だった。するとベネズエラの軍人たちは、バスク人を解放して、イタリア人たちを捕まえに去っていった。実のところ、小魚よりも大物を仕留めたかったのだ。

釣り糸を垂らしているあいだ、叔父たちは他にもいろんな話をしてくれた。たとえば、チョミン叔父さんが友達から聞いたというこんな話だ。

一九六〇年代のビルバオ。独裁者フランコが街を訪問することになった。通りはすべて飾り付けられ、隅々まで掃除するようにとの命令が下され、浮浪者や物乞いは追い出された。フランコ来訪のニュースは刑務所にも届いた。そして訪問の様子を伝える映画まで撮られ、囚人たちに見せられた。他ならぬビルバオで、内戦中ファシストたちの攻撃に丸一年ものあいだ持ちこたえたあの都市で、フランコにもはや敵はいないと知らしめることが当局の狙いだった。何千もの人々が通りで彼を出迎えた。

囚人たちは強制されて映画を観た。多くの囚人が悲しみにうなだれた。それはもうかつてのビルバオではなかった。街の隅々が人で埋め尽くされていた。市庁舎前の広場の光景が映った。そこにも群衆が詰めかけていた。通りには喜びが満ち溢れ、誰もがフランコに万歳を叫んでいた。ふとそのとき、広場の電柱に登っている男の姿が大写しになった。その男は片手で電柱に摑まって、歓喜のあまり、もう一方の手でVサインを送っていた。

囚人たちの集まった部屋がどっと笑い声に包まれた。まさか信じられない。電柱に登っている男は、その部屋で一緒に映画を観ていた囚人の一人だった。刑務所にいるのに、どうしてフランコを出迎えに行けるというのだろう？　謎はすぐに解決した。その映像は、アトレティック・ビルバオがスペイン国王杯で優勝したときのものだった。アトレティックが市庁舎前の広場に凱旋したときの映像に、独裁者のクローズアップが挿入されていたのだ。

叔父たちは、僕が上手くタラを釣れるかどうか力試しした。僕は一投で二匹のタラを仕留めたが、釣りの腕前がいいからというのでは断じてない。叔父たちは、僕が「気のふれた」魚を引き当てたのを見て大笑いした。その哀れなタラたちは、口にではなく鰓に釣り針がかかっていた。釣り糸を思いきり高く投げたら、そんなふうになって釣れたのだ。あれだけ大きな群れがいるのだから、その釣り場で魚がかからないなどありえないことだった。

僕はハーヴァードのガラスの花のこと、ガラス職人の仕事についてレオポルド・ブラシュカが言ったことを思い出した。触覚は世代から世代へと受け継がれるもので、何もないところからガラス細工を始めるのは不可能である、自分よりも前に何世代もの家族が同じ職業についていることが不可欠なのだ、と彼は語っていた。叔父たちもまた、先代から学び取った知恵を活かしていた。伝統は、先立ついくつもの世代があって初めて生まれるものなのだ。そして叔父たちは、ガラス職人のような触覚でもって、魚がいつ釣り針に食いついたか、それがどんな魚なのかわかっている。だが、僕の釣り針は空っぽのままボートに上がってきた。魚が餌を食べているその瞬間を、僕は感じ取ることができなかった。

そうして魚の話をしているあいだ、僕は長らく忘れていたある仕草をサンティ叔父さんがするのを見た。魚の大きさを説明するのに、普通するように両手を広げてみせるのではなく、左腕を伸ばし、右手の人差し指で、パンの切り方を説明するときのように、魚の大きさを左腕の上で表わしてみせるのだ。叔父さんは、指先から手首の辺りまでの大きさを示していた。

マリチュ叔母さんが両手でしてみせてくれた、あの忘れられた仕草と同じように、この仕草もまた失われつつあるのだと僕は感じた。

三時間後、アム・エスパニン号は港へ戻った。僕らは釣った魚を山分けした。叔父たちは三、四匹ずつ取ると、残りは家族にと言って全部くれた。

船から降りようとしていると、サンティ叔父さんがブリッジから封筒をもって出てきた。「ずいぶん前に、ドス・アミーゴス号の名前の由来を訊いたことがあっただろう。そのときはわからなかったんだが、古い書類のなかからこんなものが出てきてね」

叔父はそう言って、一枚の書類を僕に渡した。その紙には、サン・アグスティン号の来歴が書かれていた。「サン・アグスティン号、SS-3-765」。船がいつ、どこで建造され、誰から誰の手に渡ったか。最初、僕は何のことかわからなかったのだが、少ししてそのサン・アグスティン号というのが実はドス・アミーゴス号であること、書類にはその名前がいつ、どのような理由でつけられたのかが書かれていることに気がついた。

フロレンティノ・ウルキアガという人物が、造船業者のテオドロ・ウガルデにサン・アグスティン号の建造を依頼した。一九二一年八月十一日、彼は四千ペセタ支払って船を受け取った。同年九月十六日、セシリオ・アルダロンドが三千五百ペセタでそれを買い取った。一九二五年五月八日、マリア・テレサ・アラキスタインが船を相続した。同年六月二十五日、デオグラシアス・ブルゴスが二千二百ペセタでその船を買った。一九二八年六月二十五日、ペドロ・アルテチェとホセ・マリ・ゴイオガナが二千ペセタでサン・アグスティン号を共同購入した。その一か月後、新たな船主たちは船の名前を変え、ドス・アミーゴス号とした。最後に、一九四一年五月十日、リボリオ・ウリベが建造から二十年を経た古い船、ドス・アミーゴス号を五百ペセタで手に入れた。

それが船の来歴だった。祖父のリボリオは、そのドス・アミーゴス号という名前とは無関係だった。前の持ち主たちがつけた名前だったのだ。そこには行方不明の友達もいなければ、謎も存在しなかった。

21　着陸

目的地までの飛行距離――八八マイル
目的地までの飛行時間――〇・二〇時間
現地時刻――午後六時五四分
飛行速度――時速四二一マイル
飛行高度――一九五〇〇フィート
外気温度――華氏マイナス四度

飛行機はまもなく着陸します、とアナウンスがあった。ベルト着用のサインが点灯する。乗客たちは自分の席に戻る。ベルトがちゃんと締まっているか確認するために、フライト・アテンダントが僕らの脇を通って歩く。飛行機が旋回する。

二〇〇八年九月二十二日。日曜の午前四時半。オンダロア。悪夢を見た。僕は実家のバルコニーの手すりからぶら下がっていて、今にも落下しそうだった。けたたましい音がして目が覚めた。家全体が軋みを立てた。寝室のブラインドが床に落ちて粉々に砕けた。大きな爆発があったのだ。僕はネレアのほうを見る。無事だ。「ウナイはどこだ?」と僕は訊く。もう家に帰ってくるはずの時間だった。「ウナイはどこだ?」

飛行機が降下を始め、雲のなかを通り抜けていくときに翼が振動する。大きく揺れた瞬間に、頭上の荷物棚の扉が一つ開いてしまう。フライト・アテンダントのL・トンプソンがよろめきながら、それを閉めに行く。前に進むことができない。まるで船の上にいるようだ。ほとんど転びそうになりながら、ようやく扉を閉める。

僕らはウナイの部屋を見に行く。まだ帰っていない。彼のベッドは窓際にある。窓ガラスが割れ、シーツに突き刺さっている。枕の上には、ブラインドのケースと石膏の破片。ネレアが電話をかける。ウナイはすぐに出た。無事だ。帰りが遅くなったのだ。よかった。僕はバルコニーに出た。煙、割れたショーウィンドー。保育園の警報が鳴り止まなかった。
乱気流は続いている。機内では騒音が鳴り響いている。フライト・アテンダントは自分たちの席につく。そしてベルトを締める。

目的地までの飛行距離――六九マイル
目的地までの飛行時間――〇・一五時間
現地時刻――午後六時五七分
飛行速度――時速三五〇マイル
飛行高度――一三一二六フィート
外気温度――華氏一五度

川の対岸で何かが燃えている。自治州警察（エルツァインツァ）の庁舎があるところだ。あそこに爆弾が仕掛けられたらしい。怯えた声がそこかしこから聞こえる。声を掛け合って、無事を確認している。ケパ、ケパ、と名前を呼ぶ声。パトカー、消防車。住民たちが少しずつ通りに出てくる。手に怪我をしている人もいる。何とか助け合おうとしている。僕らよりもさらにひどい目に遭っている人たちがいる。

レナータが窓の外に目をやる。その下にはクイーンズ地区が見えている。飛行機は荒れた海の上を飛んでいく。波が泡立っているのがわかる。海の羊たちだ。強い風が吹いている。

僕は向かいの家の女性に目を留める。ガラスの破片を集めている。彼女の夫は一九八〇年、スペインの準軍事組織に殺された。バスク独立支持者だったのだ。娘は僕と同級生だった。僕らはまだ十歳だった。そのとき初めて、僕は紛争の残虐さを知った。葬式には、秘密警察のメンバーの姿があった。誰かがそれに気がついて、人々は彼らに摑みかかっていった。警察の一人は銃を奪われた。その銃は二度と見つからなかった。

飛行機が旋回して着陸態勢に入る。海に落ちていきそうな気がする。レナータが僕の顔を見る。一瞬、僕の手に自分の手を重ね合わせる。

中世の衣装に身を包んだ若者たちが帰ってくる。前日はオンダロアの町の創立記念日で、祭りがあったのだ。彼らは角の向こうに姿を消した。今日からは秋だ。この秋、僕は三十八歳になる。僕はずっとこれとともに生きてきた。紛争が三十六年、平和だったのはほんの二、三年。なんてわずかな時間だろう。

目的地までの飛行距離――二九マイル
目的地までの飛行時間――〇・〇九時間
現地時刻――午後七時〇六分
飛行速度――時速二六九マイル
飛行高度――五四二二フィート
外気温度――華氏四二度

滑走路が見えた。巨大なＪＦＫ空港だ。ジャズのＴシャツを着た若者たちが、摩天楼を見ようとして窓の外を覗いている。しかし見えない。マンハッタン島はここからは遠すぎる。

バルコニーに、金属片が散らばっている。僕は家のなかに入る。書棚に目をやる。本は床に落ちてしまった。天井の照明は垂れ下がっている。爆発のせいで、家族写真を入れた額縁が壊れてしまった。もうすぐ夜が明ける。大工がやってきて、ブラインドを取り替えてくれるだろう。テレビ局の取材が来ては去っていくだろう。おそらく何も変わりはしないだろう。

飛行機が着陸しようとする。座席前の画面にふたたびカメラの映像が映し出される。離陸したときと同じく、機体の外に取り付けられた小型カメラだ。飛行機は雲のなかを通り抜ける。滑走路が現われる。そして滑走路に引かれた線と、ライトが。どんどん下降し、近づいてゆく。着陸の瞬間に、カメラの映像が消える。画面に映るのは雪だ。

22　アギーレの薔薇

レスレクシオン・マリア・デ・アスクエは、休暇を取るときでさえも几帳面な人だった。七月になり、サン・フェルミンの日を迎えるとレケイティオへ行き、聖母マリアの日が過ぎると仕事のあるビルバオへと戻っていった。

アスクエは歩くことが好きで、レケイティオからオンダロアまで徒歩で、山を越えてやってくることもあった。オンダロアには、アンティグア礼拝堂から降りていく道から入った。そこに、友人で作家のチョミン・アギーレの生家があったのだ。ゴイコ・カレと呼ばれる、町で一番急な坂道に。

アスクエとアギーレは旧知の間柄だった。アスクエは言語学者、アギーレは小説家で、ビトリアの神学校でともに学んだ仲だったので、若い頃からの付き合いだった。

言い伝えによると、親友であったにもかかわらず、アギーレはけっしてアスクエを家のなかに招き入れようとしなかったという。友人が口笛を吹くのが聞こえると、アギーレは玄関先まで出てくる。そこで二人は家の戸口に座り込み、長々と会話を楽しむのだった。

もしかすると、アギーレは実家がみすぼらしいのを恥じていて、アスクエに見せたら笑われるのではないかと思っていたのかもしれない。アスクエは良家の出で、アギーレの父は大工だった。家のなかはひどい有様だから、見せないほうがいいと思ったのかもしれない。

二人のあいだに交わされた書簡には、興味深い事柄が書かれている。たとえば、すでに述べたようにアスクエは几帳面な人だったので、手紙でアギーレに向かって、君は仕事をしなさすぎる、もっとたくさん書くべきだと言って責めるのだった。

アギーレの返事ははっきりしていた。スマイアの修道院長をしているので、一日中修道女の告解を聞いていなくてはならない。そのあとでは、書く気力がほとんど残っていないというのだ。それに、原稿用紙の前に座って書くよりも、薔薇の世話をするほうがよかった。執筆の次にアギーレが趣味としていたのが、薔薇の栽培だった。薔薇の手入れをしていると本当に心が休まるし、その瞬間だけは世界が静止して、嫌な考えを頭から追い払うことができた。

ものを書くことは、アギーレにとって、薔薇の世話と同じように肩の力を抜き、細心の注意を払って行なうべきものだった。

僕らバスク人(エウスカルドゥノク)はずっと、自分たちは文学的にわずかな伝統しか持ち合わせていないと思ってきた。そして、バスク語で出版された本の数を数えてみれば、あまり多くはないというのが事実だ。僕らの文学は、外で影響力をもったこともなければ、豊かな口承の伝統があるにもかかわらず、つねに引き合いに出されるような偉大な文学作品を生み出したこともない。

　僕らに欠けているものとしてよく言及されてきたのが、『わがシッドの歌』や『ローランの歌』に匹敵するような長篇叙事詩をもっていないということだ。これは今日に始まったことではなく、十九世紀にはすでにこうした懸念が存在していたのだ。だから、ガレー・ドゥ・モングラーヴなる人物が、一八三四年に長篇叙事詩を発見したと吹聴するなどという事件が起こった。その詩は『アルタビスカルの歌』といった。彼は、それが一八三三年にパリで書いた自作だとは言わなかった。彼はその詩をフランス語で書き、その後バイヨンヌの学生に頼んでバスク語に訳してもらったのだった。

　たしかに、バスク語の叙事詩は存在しない。僕らの文学では、武人の英雄の冒険は語られていない。そのかわり、僕らにあるのは賢人の物語、もっと知識を得ようとするあまり、悪魔に魂を売り渡してしまったある男の物語だ。民話や伝説で、著述家のペドロ・アゲーレ、通称アシュラルはそのように記憶されている。『あとで（ゲロ）』（一六四三年）の作者、僕らの最初の古典作家だ。

　現実には、アシュラルは十六世紀末、ウエスカとサラマンカで美術と神学を修めた。だが伝説では、サラマンカでは悪魔の洞窟のなかで学んだのだと言われている。ウェルギリウスがナポリで、ファウストがクラクフで経験したのと同じように。

　言い伝えによると、一年の勉学を終えると、学生たちは皆、夏至の聖ヨハネ（サン・ファン）の日に洞窟の外へ出ていかなくてはならなかった。悪魔は決まって、そうした学生のなかから一人を自分のところに留めておいた。洞窟の外に出るよう全員を並ばせて、列の最後の者を捕まえるのだ。その者は悪魔とともに地獄に残った。

　聖ヨハネの日が近づき、学生たちは怯えていた。しかし、当日になってアシュラルが言った。私が最後になります、と。

　学生たちは一人ずつ外へ出ていった。入り口のところにいる悪魔に向かって、どの学生も同じことを言った。「私の後ろの者を捕まえてください」。そうして、ついにアシュラルの番がやってきた。彼も「私の後ろの者を捕まえてください」と言い、すると悪魔はアシュラルから影を奪った。こうして彼は永遠に影をなくしたのだという。

　だが、影をなくしたというのはおおいに怪しい話だった。それは、死後は地獄に行くということを意味していた。それだから、他の民間伝承のいくつかでは、アシュラルはさまざまな試練を乗り越えたのち、最後には影を取り戻したと語られている。

　しかし、その謎はごく最近まで未解決のままだった。

　聖職者で著述家でもあったジャン・バルビエが、謎をすべて解明した。二十世紀初頭、サールの村の墓地が改修されることになり、アシュラルの墓が開けられた。すると作家の遺骸は、腐敗せず、きれいにそのまま残っていた。バルビエは喜びを抑えきれなかった。疑いの余地なく、アシュラルは最後、天国へ行くことができたのだ。当時、遺骸が完全なかたちを保っていることは神性の証と考えられていた。

しかし、真実は違っていた。サールの土壌が粘土質だったために、遺骸はきれいに保存されていたのだ。でも、今となっては誰がそれを気にするだろう。

僕はアギーレのことを考える。アスクエに家のなかを見せようとしなかった彼の態度について。僕らの文学的伝統は、アギーレの実家のように、小さく、みすぼらしくて、取り散らかっている。けれども一番よくないのは、それを隠しておくことだ。僕らがしなくてはならないのは、家の前を通りかかる人たちを招き入れ、中でもてなすことだ。そこで僕らが差し出せるものが、どれほどわずかであったとしても。

僕らは、自分たちがもつ伝統はありのままに、それとともに前進していかなくてはならない。ただし、できるだけ多くの人を呼び込みながら。なぜなら、家の空気を入れ替える最善の方法は、窓を開け放つことだからだ。

そして、花の世話をする時間も確保することを忘れずに。

23　ニューヨーク・シティ

魚と樹は似ている。喪失は、僕らの時間に区切りをもたらす。

ビルバオ美術館で、僕はアルテタの壁画を見つめたまま、長いこと考え込んでいた。壁画に描かれたある人物を見つめながら。後景のさらに奥のほう、アコーディオン弾きの背後で、右側を三人の男女が歩いている。

先頭に立っているのは若者だ。両手でタンバリンを叩く仕草をしている。真ん中にいる娘が、若者の背中に触れている。その娘を、後ろから別の娘が抱きしめている。顎を彼女の肩に載せて。僕は中央にいる娘に視線を注ぐ。臆病そうに、恥ずかしげな表情で鑑賞者のほうを見ている。この絵に登場する人々のなかで一番若いのは、間違いなく彼女だった。

母を信じてよいものかわからない。これもまた空想上の話なのかもしれない。祖父のリボリオが母を連れて美術館に行ったとき、彼が話したことは嘘だったのか、僕にはわからない。実を言うと、祖父は母に、あれは祖母のアナだと話したというのだ。誰にも言わないでほしい、だがこの秘密を共有したかったのだと。

それは、アナおばあさんの若い頃、若く幸福だった頃の姿を唯一留めている画像だ。家にある写真はもっとあとに撮られたもので、目元には疲れが目立ち、髪には白髪が混じり始めている。だが、バスティダ家の壁画では、まだ十四歳にもなっていないだろう。彼女にとって人生はまだ始まったばかりだ。

アナは若くして亡くなり、命を落としたときはまだ四十五歳だった。リボリオが五十二歳で亡くなったときは、未曾有の雨が降り、嵐のなか、河口に係留されていた多くの船が沈没した。そのなかに、あのドス・アミーゴス号があった。ビルバオに住んでいたアナの弟カノは、リボリオの葬儀が終わったあとも数日オンダロアに残っていた。機械工だったカノは、職業柄、船を水中から引き揚げると、エンジンを取り出し、甥たちの助けを借りて家の居間に運び入れた。そこで、部品をすべて分解し、きれいに洗浄してから組み立て直した。それから、燃料を少しくれないか、と言った。

ドス・アミーゴス号のエンジンは、リボリオの家のなかで、年老いた人の心臓のように音を立てながら、ふたたび動き出した。

「実に詩的なイメージだ、そのエンジンの話は」と、映画監督のヴォイチェフ・ヤスニーは北通りを歩いているときに言った。かつて祖父母の家があったまさにその場所で、僕は彼に、ドス・アミーゴス号のエンジンが息を吹き返した話をしたのだった。ヴォイチェフとはニューヨークで、ホセ・フェルナンデス・デ・アルボルノスとスコット・ハイタワーの自宅で行なわれたあのディナーで知り合った。彼は一九七六年にサンセバスティアン国際映画祭で最高賞を受賞していて、若き日の思い出の地を再訪したかったのだ。六月のある日、バスクの沿岸部に行ってみたいというので、他のいくつかの町とともにオンダロアを案内した。オンダロアでは、旧市街を歩いたあと、海沿いの丘の上に立つアンティグア礼拝堂まで登っていった。礼拝堂そのものも美しいし、そこからはビスカイア、ギプスコア、ラブールの三地方からなるバスクの沿岸部の大部分を一度に、しかもはっきりと見渡すことができるからだ。

礼拝堂に着くと、僕はそこにまつわるいくつかの話や、古くから残る信仰について語った。子供の頃に祖父母から聞かされたのと同じ話だ。そのなかで僕は、ナザレのイエス像がもつ特別な力に触れた。礼拝堂の片隅にあるその聖像にキスをした手を押し当てると、頭脳明晰になると言われていること。よからぬ考えを頭のなかから追い出し、想像力をかき立ててくれるということ。

そして冗談まじりに、僕自身、とくに新しい本を書き始めようとしてアイデアが浮かばないときには、よく助けを求めてお参りに来るのだと話した。そこで二人とも、かつての慣習にならって、聖像にキスをした手を押し当てた。

僕らは礼拝堂を出て、鐘楼に登った。そこからの眺めは素晴らしかった。その高みからは、サンセバスティアンとビアリッツ、さらにもし天気がよければリューヌ山をも間近に望むことができるのだ。

けれども、ヴォイチェフはそのパノラマに目を留めなかった。彼は、下の野原で遊んでいる子供たちを見ていた。そして、急に彼の古いカメラを取り出すと、撮影を始めた。遊んでいたのは二人の女の子だった。一人は黒い肌、もう一人は白い肌をしていた。どちらも地元の子供だった。シーツを使って、蝶を捕まえようとしている。シーツをもってジャンプしては、地面に倒れ込む。そして、蝶は捕まっただろうかと、シーツのなかを覗いてみるのだ。

その子たちは蝶を一匹も捕まえられず、遊びに飽きて家へ帰ろうとしていた。ヴォイチェフは撮影の手を止め、塔の上から子供たちにお礼を言った。子供たちは僕らの下を通っていった。バスク語の話し声が聞こえた。

僕は、子供の頃のある出来事を思い出した。フランコの死が近づいていたとき、バスク人二名を含む反体制派の活動家五名が処刑された。バスクに非常事態宣言が出されるなか、警察は家々を隈なく捜索して回っていた。僕の家でも母が、家族を危険に陥れる可能性のあるポスターやチラシ、パンフレットといったものをかき集めて処分した。他の数知れぬ人々がしたのと同じように。

そうこうするうちに、窓の外に目を光らせていた母は、家の前の通りに警察の黒塗りの車が停まったのに気づいた。たちまち、そこかしこから警官たちがまるでヤモリのように現われた。一瞬のちには警察が戸口に立ちはだかり、家のドアを開けるよう命じていた。

警視は自信たっぷりに家に踏み込んだ。明らかな嫌疑があり、この家で何らかの証拠が見つかると確信していたのだろう。彼は警官たちに向かって、家の隅々まで捜索するように、箱はすべて、戸棚もすべて、何か隠せそうな隙間も一つ残らず調べ上げるようにと命じた。

捜索はあとひと部屋を残すのみとなった。「それは娘の部屋です（エス・エル・クアトロ・デ・ラ・ニーニャ）。病気で寝ているんです（エスタ・エンフェルマ）」と母はスペイン語で懇願した。姉が寝込んでいたにもかかわらず、彼らは一瞬もためらわずにその部屋に立ち入った。

すると突然、警官の一人が、姉のベッドの横に置かれていたナイトテーブルの引き出しに何かを見つけ、上司を呼んだ。警視は足早に近づいた。母は恐怖に駆られた。そして疑念が頭のなかを駆け巡った。ひとつ残らず集めたと思ったのに、まだ残っていたのだろうか。何か書類を忘れていたのだろうか。もう頭が真っ白だった。母は娘のことを哀れむような目で見つめた。

「大丈夫よママ（ラシャイ・アマ）、歌詞だから（カンタク・ディラ）」と姉が、病人の弱々しい声でささやいた。警視は動揺した。そして娘は何と言ったのかと訊いた。

「熱があるようです（ティエネ・フィエブレ）。水がほしいと（キエレ・アグア）」と母はスペイン語で伝えた。

警察は何も見つけられないまま立ち去った。

あの暗黒の年月に、疎外され、身を潜めるようにして生き延びていた言語が、母と姉をあの苦境から救った。彼女たちは自分の身を守るために、古い言語を使った。それが今、蝶を捕まえに来たあの二人の女の子は、同じ言語を遊びのなかで使っている。あのセネガル人の娘でさえ。

ヴォイチェフは我が目を信じられなかった。「これは素晴らしい光景だ！」と目を大きく見開いて僕に言った。「世界中から資金をかき集めたとしても、同じ光景をあれほど自然に撮影するなんて不可能だったろう。フィクションもいいが、人生というのはまったくの別物だ」と言うと、さらにカメラを回し続けた。

ふと彼は僕に近づいて、「効いたよ！（イット・ワークス）」と英語で言った。最初、僕は何のことかわからなかった。彼が言ったのはナザレのイエス像のことだった。ご利益があった、自分にはたしかに効き目があったと言っていたのだ。聖像にキスをした手を押し当ててからまもなく、奇跡は起こった。それは、彼がこれまでに撮影したなかでもっとも美しい光景だった。「イット・ワークス！」

僕は、ナザレのイエス像にいったいどれだけの願い事をしてきたのだろう、と自問した。嘘みたいに思えるかもしれないが、願いがかなったこともあれば、そうでないこともあった。僕は、ネレアとウナイとの関係がうまくいきますようにと願をかけることがよくあったが、もしかするとやりすぎたこともあったかもしれない。たとえば、ウナイがサッカーの試合でゴールを決められますようにと祈って、相手チームに大敗したとき。

勝ち負け。死と誕生。ほとんどの子供は、〇歳でこの世に生を受ける。けれども、〇歳数か月、三歳、七歳で生まれてくる子供もいる。ウナイは僕にとって、十三歳で生まれてきた。

生まれる

きみは十三歳で、僕の目の前に生まれてきた
そう、突然に
忘れがたい出産だった　みんなで夕食のピッツァを
食べている最中だったのだから
妊娠もなければ
徹夜の夜も、おむつ替えもなく
初めての登校日に手を引いて
学校へ送り届けることもなかった

かくれんぼも、石蹴り遊びも
教えはしなかった
あの打ち上げられたイルカを見に
浜辺へ連れていくこともしなかった

でも信じてほしいのは、僕がこれらすべてをきみにしてあげられたなら、と
日々日々残念に思っていることだ
でもきみは、十三歳で生まれてきた
そう、突然、ピッツァとともに

きみが生まれてきたのが
本当はデンマークの寒い春だったのは知っている
きみが生まれた日には牧草地が凍りついていたことも
きみには父親がいて
きみを愛してくれる人たち
友達、いとこ、おじおば、祖父母

それにもちろん、母親が
そばにいてくれるのもわかっている
誰しも、たった一人だけのものではないのだから
愛する人を他者と共有することを学ばなくては
そして僕はその他大勢の一人で、最後にやってきた

きみにこれだけは言おう
きみといるとき、子供なのは僕だと
きみと一緒にたくさんのことを学んでいると
まるで石蹴り遊びが何かも知らなかったみたいに
まるで生まれて初めてイルカを目にしたかのように

きみにこれだけは言おう
僕にとって、きみは本当に生まれたのだと
もちろん十三歳ではあったけれど
ある日突然、ピッツァとともに、きみは生まれてきた

着陸後、飛行機のスクリーンにふたたび滑走路の映像が現われた。破線が続いている。飛行機は滑走路をあとにして、ゆっくりとターミナルへ向かっていく。「楽しかったわ」とレナータは言って、手を差し出した。そして荷物を手に取る。フライト・アテンダンドはまだ席についているが、乗客は携帯電話の電源を入れ始める。レナータの携帯にメッセージが届いた。「お願いです（プリーズ）、助けてください（ヘルプ・ミー）」とそれは訴えていた。ようやく飛行機が停止する。「ウェルカム・トゥ・ニューヨーク・シティ」

二〇〇八年十月十四日、オンダロア

農業水産省

広報209号　1982年9月1日　23611

オンダロア港における遠洋漁船

アチョンド号
アキリャ・メンディ号
アマ・ルル号
アンドラ・マイシャ号
アントニア・カルネロ号
アララルコ・ミケル・デウナ号
アルベライツ号
アルタビデ号
アラノンド号
アレチナガコ・ミケル・デウナ号
アシュモル号
ベティ・グレ・ハビエル号
シベレス号
コンバロ号
チェマイパ号
ドロレス・カドレチャ号
ゴイエリ号
ゴイティア号
ゴイサルデ・アルギア号
ゴイサルデ・エデル号
グラン・ボガ・ボガ号
エルマーノス・ソラバリエタ号
イドゥレ号
イトゥアルテ号
イチャス・オンド号
オチャス・オラツ号
ヘルサレン・アルギア号
ヘルサレン・アルギタシュナ号
ランダベルデ号
ララングゴイティア号
ララウリ・エルマーノス号
レゴルペ号
レイサレ号
マニュコ・アマ号
ナウティカ号
ヌエストラ・セニョーラ・デ・ビタルテ号
ヌエバ・ルス・デ・ガスクニャ号
ヌエバ・ルス・デル・カンタブリコ号
ヌエボ・トントラメンディ号
オンダルタラ号
オルマサ号
パティウカ号
ピオ・バロハ号
プライ・エデラ号
リオ・イチャス・エルツ号
サン・エドゥアルド号
サトゥラン・サル号
セセルメンディ・バリ号
シエテ・ビリャス号
ソラバリエタ・アナイアク号
タライ・メンディ号
トキ・アライ号
トキ・アルギア号
チャンカ号
チョリ・エレカ号
ウレ・チンドラ号

謝辞

アルカイツ・バステラ、アレハンドロ・スガサ、ヨハン・リサリバル、エリザベス・マックリン（もちろん！）、マリチュ・オドリオソラ、ホセ・フリアン・バケダノ、カルメン・バスティダ、イシドル・エチェバリア、アンティグア・ピペラ、アンガス・マクリード、レオン・イトゥアルテ、パコ・ウランガ、ヨン・アカレギ、ドゥドゥ・ティアム、ママドゥ・バクーム、イスマイラ・サンゴール、モハメド・ディアン、エドルタ・コルタディ、ハビエル・カルツァコルタ、エネコ・バルティア、トマス・サントス、テレ・ミラドレク、ホセ・フェルナンデス・デ・アルボルノス、スコット・ハイタワー、マーク・ラッドマン（ニューヨーク大学）、マリー・ポンソ、フィオナ・マクレー、ケヴィン・マクニール、アラン・ジェイミーソン、フィリス・レヴィン、レナータ・トマス、アレクサンドラ・バックラー、ステイシー・レイ、アマイア・ガバンチョ、アグルツァネ・ガツァガエチェバリア、ヨシェバ・スライカ、ネストル・バステレチェア、フェリックス・ベリスタイン、シャビエル・アイエルディ、イニャキ・ウル、イドイア・アギレ、ホシェ・ガライサバル、ミエランヘル・エルストンド、アナ・アレギ、ホセ・マリ・イサイ＝ウルダンガリン、イボン・サエス・デ・オラサゴイティア、カルメン・パスクアル、チョミン・L・アラマイオ、ホセ・ルイス・イバイバリアガ、ガイスカ・ウレスティ、パチ・エチャブル、イマノル・オルエマサガ、ヨン・イニャキ・アルテチェ、オンダロアの郷土史家たち、オンダロア船舶模型職人組合、オンダロア在住セネガル人協会、ビルバオ美術館、ションバーグ黒人文化研究センター（NYC）、ビスカイア地方図書館（ビルバオ）、チョミン・アギーレ図書館（オンダロア）、レア-アルティバイ地域、ゲレディアガ協会、メンデバルデ文化協会、アイツォル・アラマイオ、ミケル・ウルダンガリン、ビンゲン・メンディサバル、ラファ・ルエダ、ミケル・バルベルデ（協力に感謝！）、祖父母、おじおば、いとこたち、ホセ・ルイス・アリエタ、ネレア・ガツァガエチェバリア、アネとマルコス、ヨシェバとマルタ（文書保管庫での仕事ぶりに感謝）、チョミンとアマイア、甥と姪たち、ネレア、ウナイ、母のアンティグア、そしてとりわけ、父のホセに。

訳者あとがき

波のように打ち寄せては返す思い出の数々。故郷の港町で、家族のあいだで、そして世界のあちこちで語り伝えられるささやかな出来事。それら一つひとつに思いを馳せながら、飛行機で大西洋を渡っていく作家の心の揺れ動き。読む者の感情と想像力を刺激せずにはおかない美しい作品が、さわやかな風とともに海の向こうから届いた。

本書は、バスク地方の作家キルメン・ウリベの初の小説 *Bilbao-New York-Bilbao* の全訳である。バスク地方（エウスカル・エリア）とは、スペイン北部とフランス南西部にまたがって、ピレネー山脈の最西端からビスケー湾に向かって広がる領域を指すが、同時に「バスク語（エウスカラ）の話されるくに」という意味でもある。そしてその名のとおり、バスク地方ではスペイン－フランス国境の両側で、それぞれの国の言語のほかに、バスク語というこの地方固有の言語を話す人々が人口の三割程度いる。周囲の言語とは似ても似つかないこの不思議なことばは、ヨーロッパ最古の言語の一つとされ、起源も言語系統もいまだ謎に包まれている。本書の作者キルメン・ウリベは、このバスク語の書き手として、今もっとも国際的に活躍する現代作家の一人である。

キルメン・ウリベは一九七〇年、スペインの現バスク自治州ビスカイア県の港町オンダロアで、代々続く漁師の家に生まれた。彼が五歳のとき、スペイン内戦後に四十年近くにわたって独裁体制を敷いたフランコ総統が死去し、その三年後、スペインは地方分権型の民主主義国家として再出発した。それにともなって、フランコ体制下で厳しい弾圧の対象となっていたバスク語の使用が公的に認められるようになり、とくにバスク自治州（アラバ、ビスカイア、ギプスコアの三県からなる）では、教育・行政・メディアなどあらゆる領域でバスク語の使用が推進されるようになった。だから、キルメン・ウリベは、フランコ時代の記憶をかすかに留めながら、バスク語で暮らし、学ぶ権利が保障された環境で育った最初の世代といえる。

彼が生まれ育ったオンダロアは、バスク最大の都市ビルバオから車で一時間ほどのところ、ビスケー湾をのぞむ人口九千人弱の漁師の町だ。ウリベはここで高校までを過ごし、ビルバオとビトリア（バスク自治州の州都）で大学生活を送った。大学ではバスク文学を学び、その後、北イタリアのトレント大学で比較文学の修士号を取得している（作家になることを志したのは、バスクを離れていたこの時期のことであったらしい）。

帰国後、バスク語新聞「エグンカリア」のコラムニスト、バスクテレビ局のシナリオライター、翻訳といった仕事に携わる傍ら、二〇〇一年に友人のミュージシャンや画家、映像作家とともに、故郷オンダロアに取材したドキュメンタリー映像に詩と音楽を交えたマルチメディア・プロジェクト*Bar Puerto*を発表する。同年に処女詩集*Bitartean heldu eskutik*『しばらくのあいだ手を握っていて』を出版するが、これはバスク文学における「静かな革命」と評され、詩集としては異例の売れ行きを記録、スペイン批評家賞（バスク語詩部門）に輝いた。これまでにスペイン語、フランス語、英語、カタルーニャ語に翻訳され、二〇〇七年に出た英訳*Meanwhile Take My Hand*は米国ペンクラブの翻訳賞で最終候補に残った。

二〇〇三年には、本書の第三章でも触れられているニューヨークで行なわれた詩の朗読と音楽、映像のコラボレーションから、CDブック*Zaharregia, txikiegia agian*『古すぎるし、小さすぎるかもしれないけれど』が生まれる。さらに、詩集の国際的な反響を受けて、ニューヨーク、ベルリン、台北、マンチェスター、ボルドー、バルセロナ、アイルランドなどでポエトリー・フェスティバルに参加、世界各地で朗読会や講演を精力的に行なっている。そして二〇〇八年、初の小説となる『ビルバオ－ニューヨーク－ビルバオ』を発表、翌年のスペイン国民小説賞を獲得し、大きな話題を呼んだ。スペイン国内の他の言語（スペイン語、カタルーニャ語、ガリシア語）のほか、今日までにポルトガル語、フランス語へ翻訳され、英語、ロシア語、ブルガリア語、グルジア語、アルバニア語での刊行も決まっている。

このように、著者キルメン・ウリベのグローバルな活躍ぶりには目覚ましいものがあるが、バスク語の文学がこうして地域の外でも知られ、関心を呼ぶようになったのは比較的最近のことだ。その理由は第一に、バスク語で書かれた文学作品そのものが少なかったためである。作中でも触れられているように、バスク文学の歴史はきわめて浅い。バスク語による文学作品が初めて出版されたのは十六世紀半ばのことで、それ以降、大半の作品は二十世紀に入ってから書かれている。しかも、一九三六年に勃発したスペイン内戦では、多くの作家や知識人たちが命を落としたり亡命を余儀なくされ、その後のフランコ体制下ではバスク語を使うこと自体が困難な時代が続いた。そのなかで、バスク語で書くことをあきらめず、正書法の統一やバスク語教育に取り組み続けた人々のおかげで、バスク語とバスク文学は今日まで生き延びてきた。

そして一九六〇年代以降、とくに独裁体制が終焉を迎えた一九七五年からは、バスク語での文学作品の出版が急増していく。さらに一九八九年、ベルナルド・アチャガ（『オババコアック』中央公論新社、二〇〇四年）がバスク語作家として初めてスペイン国民小説賞を受賞したことは、バスク文学をめぐる状況を劇的に変えた。それ以前、バスク語で書かれた文学の存在はスペイン国内においてすらほとんど知られていなかったし、「小」言語のつねとして、その他の言語に翻訳・紹介される機会も稀だった。そのうえ、バスク地方やバスク語にたいする関心は長らく、民俗学や言語学、政治・社会学（ナショナリズムやETAのテロ問題）の領域にもっぱら向けられていて、バスク語で書かれた作品が純粋に「文学」として読まれることも難しかった。こうしたさまざまな理由から、バスク語の作家になり、作品が広く読まれるということが、他の多くの言語におけるのと変わらない自然なこととなったのは、ここ数十年のことにすぎないのだ。

しかし、読み手の側がこうした背景を知らなかったとしても、本書の魅力は少しも減ずることがないだろう。なぜなら、ウリベはむしろそうした読者こそを、バスク文学という小さな家へ招き入れようとしているのだから。その意味で、この作品がすでにバスク地方の境界を越えてますます多くの読者の支持を獲得していることはけっして不思議ではない。

本書を読んでまず感じるのが、作者の誠実さだ。彼は自分の家族について、自分の知っている人たちについて語りたいと思う。そして今、バスク語でいかなる小説が書けるだろうかと思案する。そこで彼がとった手法は、小説というフィクションのなかにみずから主人公として登場し、一見してばらばらにも思える小さなストーリーの数々を通じて、現実の物事や人々――末尾の謝辞にずらりと並べられた名前を見てわかるように、作中の登場人物の多くは実在する――について語るというものだった。こうした現実と虚構のあいだの曖昧さと、ストーリーの断片性という本作における二つの大きな特徴は、実は深いところで関係し合っている。

ウリベは、わたしたちが「現実」と呼ぶものの外見と「言葉」そのものの不確かさにたいしてきわめて意識的である。だから彼はむしろ、注意しなければ見逃してしまいそうなさりげない身振りの雄弁さに、現実であれ虚構であれ、物語だからこそ伝わる生き生きとした感情に惹かれる。著者が詩作においても好んで用いるモチーフに「橋」があるが、彼は作品を通じて、言葉ともの、文学（あるいはフィクション）と現実世界、そして作者と読者とを繋ぐ橋を架けようとする。ただし、従来の小説とは違ったやり方で。

だから、彼はいかにも小説的な書き出しを排し、こう始める。「魚と樹は似ている」。そして、この一見かけ離れたものを結びつける想像力や記憶の働きこそが、この小説の原動力であり、さらに言えば詩の力に他ならない。内戦前に活躍したバスクの画家アウレリオ・アルテタの絵に描かれた船を見送る女性たちの姿と、アフリカからスペインへ渡ろうとする途中で難破してしまった難民たちのボートの映像に、かつて船乗りだった亡き叔父の体験を結びつけるのもこれと同じ力だし、今大西洋を渡っていく「僕」と、過去に漁師として、移民や亡命者、旅人、あるいは奴隷として同じ海を行き来した人々とを結びつけるのも、そうした連想と類推（アナロジー）の働きなのだ。

こうして無数に繰り返されていくアナロジーの働きによって、漁網の目のように編み合わされていく一つひとつのエピソードは、読者をさらなる連想へといざなうだけでなく、現代のバスクから見たわたしたちの世界の姿をまるでモザイクのように描き出している。この小説が大きな反響を呼んだのは、そうしたアプローチの新鮮さに加えて、まさに今の世界そのものが描かれているからではないだろうか。地域社会とグローバルな世界とのあいだで、失われゆく過去を見送りながら、新たな時代の変化のなかへと身を投じていく、そうした今のわたしたちのあり方が、本書にはごく自然に、かつ雄弁に語られている。訳者にはそんな気がしてならない。

解説が長くなったが、最後に補足をいくつか。バスク独立を掲げてフランコ時代から武装闘争を続けてきたＥＴＡ（祖国バスクと自由）は、近年組織の弱体化が著しく、二〇一〇年九月に何度目かの恒久的停戦を発表したのち、約一年後に武装闘争の最終的な放棄を宣言した。和平に向けた協議はまだこの先も続くが、長年硬直していたバスク情勢に大きな変化の兆しが見られるのはたしかだろう。言語やイデオロギーの違いを越えた人々の共生、未来へ向けた希望といった本書に含まれるいくつかのメッセージは、これまでの人生を紛争のなかで生きてきた著者自身の願いであると同時に、前述のような政治的・社会的な変化のなかで受け取るべきものだろう。

作中に何度か出てくるアトレティック・ビルバオは、その名のとおりビルバオを本拠地とするサッカーチームで、バスク人のみでチームを構成するという伝統があることで知られている。一九二八年にリーガ・エスパニョーラが発足して以来、一部リーグから一度も降格したことがないというスペイン国内有数の名門チームなのだが、過去二十年以上ものあいだリーグでの優勝争いから遠ざかっていた（語り手の義理の息子ウナイがアトレティックの応援に乗り気でなかったのはこのためである）。とはいえ、本書の翻訳が進行中だった二〇一一～一二年のシーズンでは、国内リーグ戦の成績こそ振るわなかったものの、ヨーロッパ・リーグ準優勝、スペイン国王杯決勝進出という快挙を成し遂げ、何万人もの熱狂的なサポーターがその活躍ぶりに狂喜したことを付け加えておく。

翻訳に関して。本書を訳すにあたっては二〇〇八年にElkar社から出版されたバスク語原書を底本とし、翌年にバルセロナのSeix Barral社から出たスペイン語版（Ana Arregi訳）を適宜参照した。後者は最終的に著者によって大幅に手を加えられていて、原書と比べると各章の構成にまでかかわる大きな変更や加筆部分が散見される。そこで、著者の意向を確認したうえで、原則としてバスク語から訳出し、スペイン語版の変更箇所については、訳者の判断で適宜反映させることとした。ただし、とくに異同の多い後半部に関しては、著者が（スペイン語からではなく）バスク語から翻訳する他の言語の訳者のために、スペイン語版における変更点を取り入れて書き直したもう一つのバスク語テクスト（通称「ウルガタ版」、未刊）を参考にした。なので、日本語訳はバスク語原書そのままの訳でもなければスペイン語版からの翻訳でもなく、両者の折衷ないしはもう一つのヴァージョンと見なしていただくのが適切だろう。

バスク語から訳すにあたって疑問が残った部分については、以前からウリベの作品を英訳しているエリザベス・マックリンの翻訳を参照したほか、とくにビスカイアの沿岸部特有の語彙にかんしては、著者に直接確認をとった。頻出するバスク語とスペイン語以外の語の読みを確認するにあたっても多くの方々のお世話になった。また、作中にはさまざまな引用が登場するが、イタロ・カルヴィーノ『アメリ

カ講義　新たな千年紀のための六つのメモ』からの抜粋は、米川良夫・和田忠彦訳（岩波文庫）を一部変更のうえ使わせていただいた。

本書の出版は多方面の方々の協力によって実現した。まだ駆け出しの訳者にこのような貴重な機会を与えてくださった白水社の皆さん、とりわけ編集部長の藤波健さんに心より感謝を申し上げたい。本書の魅力をすぐさま理解し、企画を実現させてくださった藤波さんの力強い後押しなしに、この翻訳がこれほど早く日の目を見ることはなかっただろう。そして日頃お世話になっている大学の先生方、なかでも翻訳作業を温かく見守ってくださった今福龍太先生に。原稿を読んで助言をくれた友人たちに。訪れるたびに訳者を歓迎してくれるバスクの人々に。翻訳助成をいただいたバスク自治州の Etxepare Euskal Institutua に。そして Kirmen Uribe に。いつも支えになってくれた家族に。本書を通じて繋がりをもった数多くの人に。遠くからもよく見えるように、両手を高く挙げてあの合図を送りたい。「マイテ・マイテ」

二〇一二年八月

金子奈美

著者紹介
キルメン・ウリベ　Kirmen Uribe
1970 年、スペイン・バスク地方ビスカイア県の港町オンダロアに生まれる。バスク大学でバスク文学を学んだのち、北イタリアのトレント大学で比較文学の修士号を取得。2001 年に処女詩集『しばらくのあいだ手を握っていて』を出版、バスク語詩における「静かな革命」と評され、スペイン批評家賞を受賞。2008 年、初めての小説となる『ビルバオ－ニューヨーク－ビルバオ』を発表し、スペイン国民小説賞を受賞。国際的に注目され、これまでにスペイン国内外の 14 の言語に翻訳されている。2012 年に第二作となる『ムシェ』を発表。刊行直後からベストセラーとなり、広く話題を集めた。最新作は『ともに目覚めるとき』（2016 年、未邦訳）。

訳者略歴
金子奈美（かねこ・なみ）
1984 年秋田県生まれ。福岡大学共通教育研究センター専任講師。
専門はバスク文学、スペイン語圏現代文学、翻訳研究。
訳書に、K・ウリベ『ムシェ　小さな英雄の物語』（白水社）、B・アチャガ『アコーディオン弾きの息子』（新潮社）。

本書は2012年に単行本として小社より刊行された。

白水uブックス　233

ビルバオ－ニューヨーク－ビルバオ

著　者　キルメン・ウリベ
訳者ⓒ　金子奈美
発行者　及川直志
発行所　株式会社 白水社
東京都千代田区神田小川町3-24
振替　00190-5-33228　〒101-0052
電話　(03) 3291-7811（営業部）
　　　(03) 3291-7821（編集部）
www.hakusuisha.co.jp

2020年12月10日　印刷
2021年1月10日　発行
本文印刷　株式会社三陽社
表紙印刷　クリエイティブ弥那
製　　本　加瀬製本
Printed in Japan

ISBN978-4-560-07233-2

乱丁・落丁本は送料小社負担にてお取り替えいたします。